北京のこども

YokO
SAno

佐野洋子

P+D
BOOKS
小学館

目次

二十三	二十二	二十一	二十	十九	十八	十七	十六	十五	十四
―	―	―	―	―	―	―	―	―	―
―	―	―	―	―	―	―	―	―	―
―	―	―	―	―	―	―	―	―	―
―	―	―	―	―	―	―	―	―	―
―	―	―	―	―	―	―	―	―	―
131	126	120	114	110	104	97	92	86	78

一

母は巨大な乳房を持っていたのに、初めての子供だった兄にお乳が出なかった。
兄は赤ん坊の時、グルトーゲンのミルクを飲んでいた。
私は母の巨大な乳房から母の乳を飲んだ。
私が乳房をつかんでもむと、母の乳はいつまでも出てきた。
私は自分が歩き出しても母の乳房をつかんでいた。
父は早くやめさせようとした。
父は母の乳首に黄色いカラシをつけた。
私は黄色いカラシがついているのを見ると、飲むのをやめた。
そしてカラシのついていないときは、母の乳首をくわえていた。
「しぶとい子だな」
と父が言った。
父は墨とすずりをとり出し、母の乳房もとり出した。
母の乳房はどってりと二つ並んで広々としていた。

父はその乳房の二つに、筆でねずみを描いた。

二匹のねずみは私にもねずみに見えた。

私はヨタヨタと立ち上がり、隣の部屋に二つ並んだホーローの洗面器のところまで行き、下にかかっていたタオルを引き抜くと、タオルのはじをぬらした。

そして母の乳房のねずみを消した。

ねずみは灰色に溶けて、二つの乳房の上で汚ないしみになった。

それから母のひざにのっかって乳を飲んだ。

これは私がしっかりした子供であるという認識を父に与え、その認識以上のものをいつも私に見ようとしていた父の、最初のできごとだった。

それが二歳だったのか一歳半だったのか覚えていない。

しかし、どってりと二つ並んだ母の乳房の上のねずみを、私はいつまでも覚えていた。


グルトーゲンの缶が家にあった。

紫色の丸い缶は金色の線が入っていて、ピカピカ光っていた。

兄はもうミルクを飲んでいなかったが、家にいくつかあった紫色のグルトーゲンの缶は、私に兄に対する羨望と尊敬をもたらした。

「ええ、この子はグルトーゲンだけで育てました」

と母は言い、英国製の紫色の粉ミルクが大変高価だったことを強調した。

それによって兄もまた高価な子供になるのだった。

兄は虚弱なだけではなかった。

兄は内臓が裏返しになっており、心臓弁膜症であった。

やせて大きな目と紫色の唇を持っていた。

父も母も、最初の男の子の心臓が右にあることを、しばらく知らなかった。

風邪をひいた兄を北京大学の病院に連れて行き、兄はそのまんま大学病院の学生の教室に連れて行かれて、真ん中の台に裸のまんまのせられて教材になった。

母はその話を何度もした。

そしてそのたびに涙をぬぐった。

「裸のまんま、まるでモルモットのように」

私は、それをほれぼれきいた。

少し寒くなると紫色になる唇と爪の兄を羨《うらやま》しく思い、そして胸の底からの切なさが、私の胃袋の上を痛くした。

私は風邪さえひかず、医者にかかったことがなかった。

私が母の巨大なおっぱいから際限なく母の乳を飲んだことは、乳房のねずみを消したことと重ねて、笑い話になっていた。

一歳の誕生日に私は片手にゴボウの天ぷら、片手にアイスキャンデーを持ち、それを交互に食べて下痢もしなかった。

父は、

「こんな太いくそをする子供は見たことがない」

と私をひざにのせて、ひげでざらざらするあごを私の顔にこすりつけた。

母は毎日兄が便所から出て来ると、

「ビチビチ？」

とききき、兄は
「ビチビチ」とか「ビチビチじゃない」

とか言っていた。

そして兄と私に、ハリバというオレンジ色の甘い丸薬とワカモトを飲ませた。

母は私に、

「ビチビチ？」

と一度もきかなかった。

私は丸々と太って、ぴったりと兄にくっついていた。

北京の家で私と兄に外界はなかった。

二つ違いの私達は、家の中と庭だけで生きていた。


庭は真四角に泥の塀に囲まれていて、空も真四角だった。

私と兄は二つ並べたふとんに手をつないで寝た。

兄と手をつなぐと、体中が安心した。

私と兄は笑い出すことがあった。

笑うまいとするだけで、笑いが凶暴な動物のようにあばれまわり、身をよじって笑いころげて、おへそのまわりの皮がかたくなった。

私達はいつ眠るのか知りたいと思った。

だから先に眠った方が、

「ねた」

と言おうと兄が言った。

私達は眠ろうとする。

「時」をつかまえようと、じっと目をつぶり静かにした。

「ねた」

と兄が言う。

私は目をつぶった兄の顔を見て、

「ほんとうだ」

と思った。

先に眠ってしまった兄に、私は闇の中に残されて不安になり、手を握り直した。

兄は眠ったまま握りいいように手を組みかえてくれる。

そのうちに握っていた兄の手がほどけてくる。

もう一度握りかえしても、兄の手はダランとして握れない。

私は兄の人さし指をしっかり握って、暗い闇の中をじっとしている。


闇の中に橋が見えてくる。

絵本で見た牛若丸が飛び乗ったような橋である。

橋が見えてくると、遠くから、ほんとうに遠くから、かすかにでんでん太鼓の音がしてくる。

かすかなでんでん太鼓は、とても哀しい音にきこえる。

でんでん太鼓の音は、だんだん近づいてきてとてもこわい。

私は身動きもできない。

でんでん太鼓の音は私の耳もとまで来て、頭が割れそうになる。

ついに頭の中に入ってきて、それから頭を通り抜けて、また遠くへ遠くへとかすかな音となって消えていく。

私は闇の中に残される。

私は疲れ果てる。

そして、いつも知らないうちに眠ってしまった。

パジャマをぬぎながら、私は兄にきく。

「夜寝る時、でんでん太鼓の音がきこえてくる?」

兄はぐるぐる回る大きな目で私を見る。

そして、

「うん、きこえてくる」

と言った。

私はとても安心する。

「こわいねェ」

「あれは、死んだ人が鳴らしているんだぞう」

と兄が言う。

私は死んだ人なんか一人も知らない。

「死んだ人ってこんなだぞう」

兄は目を真っ白にして、手をブランと下げて、口を半開きにして、私の目の真ん前に、真っ白にひっくり返した目を近づけてくる。

私は兄が死んだらほんとうに目が真っ白になってしまうかと思って泣き出す。

二

兄は電気機関車を持っていた。

電気機関車は火花を散らして走った。

兄はだだっ広い板の間にレールを丸くつなげたり、くねくねした形にしたりして、床に顔をこすりつけて、走る機関車をながめていた。

兄は電気機関車がレールの上だけを走るということが理解できなかった。

兄は電気機関車を庭の砂場に持って行き、トンネルを掘った。

そして砂場中に道を作った。

私はしゃがんで兄のすることを見ていた。

私は電気機関車が電気で走ることなど知らなかったが、砂場で電気機関車を走らせてはいけないと思った。

しかし、砂場を電気機関車が走ったらいいのにとも思った。

電気機関車は動かなかった。

兄は機関車を砂に強く押しつけ何度も押した。

そしてあきらめた。

電気機関車はもう板の間のレールの上でも走らなくなった。

父は板の間にあぐらをかいて、つまった砂を洗い出そうとした。

父は母に、大きな紺色の梅の花のどんぶりに、アルコールをなみなみと満たさせた。

そして歯ブラシをアルコールにひたして電気機関車にこすりつけたり、機関車をどっぷり、どんぶりの中にひたしたりした。

父は何度も、

「馬鹿めが」

と言った。

父が「馬鹿めが」と言うと、兄は「馬鹿め」というものになってしまった。

私も兄と同じ「馬鹿め」になった。

突然、電気機関車から火花が散った。

どんぶりにものすごい火柱が立ち、天井までとどいた。

父は火柱の立ったどんぶりを持ち上げ、板の間からたたきを通って、庭にどんぶりを投げた。

庭に火が広がり、どんぶりからこぼれたアルコールが板の間にめらめら燃えて走っていった。

母は私を横がかえにし、隣の部屋の押し入れを開けた。

いちばん上に、紫とオレンジ色の客用のふとんがあった。

母は私を横がかえのまんま、そのふとんをはたき落とし、その下にあった木綿のふとんをひきずり落とした。

私の記憶はそこまでしかない。

見たこともない大きな火柱を初めて見、床をはう火が生き物のようであったのに、それはあわい写真のようにしか記憶がない。

私が色あざやかに覚えているのは、アルコールが入っていたどんぶり鉢の藍色《あいいろ》と、そこに白く染め抜かれていた梅の花の模様である。

そして母がはたき落とした絹の客用のふとんの手ざわりと、紫色とオレンジがかった大きな格子柄をありありと思い出す。

その二つだけが、炎よりも極彩色に私にやきついた。

電気機関車が再び動くことはなかった。

父は兄に電気機関車を与え、それは兄の電気機関車であったはずなのに、私にはそれが父の電気機関車のような気がした。

兄が、砂場でトンネルの中を走らせようとした子供らしさを、父は許していなかったような気がする。

「馬鹿めが」と何度も腹立たしげに兄を非難しながら電気機関車を直そうとしていた迫力は、たかが子供のおもちゃを直すということを越えた、執念とか真剣さで私たちを圧倒した。

兄はたくさんのおもちゃを父から与えられ、板の間にはスベリ台もあった。

おもちゃがこわれると、父は自分の器用さを誇るように、

「こんなものは、いっぺんに直してやろう、見てろ」

と言いながら、直した。

普段より、むしろ機嫌がよかったかもしれない。

私たちがこわれたおもちゃを父に持って行くとき、父はそれをたちまち解決する全能の人だった。

あるいは、

「こりゃあだめだ」

と言えば、父が言った瞬間から「こりゃあだめだ」になるのだった。

しかし、何でアルコールだったのか。

それも、なんであの大きなどんぶり鉢いっぱいのアルコールだったのか。

三

日のあたる座敷で、母が座って何かしていた。

母のお腹はまん丸だった。

どうして母のお腹がまん丸なのか、不思議とも異常とも思わなかった。

母のお腹が三角でも、母であることに何の異常も感じなかったと思う。

私は母のそばで寝ころがっていた。

「この中に赤ちゃんが入っているのよ」

母がとても優しい声で言った。

「えっ、ほんと?」

私はそんなとき驚かねばならないということを、何かから命令されて知っていたような気がする。

「だからね、あなたはお姉ちゃんになるの」

私は俄然、お姉ちゃんという身分に興奮した。

「いまわたし、もうお姉ちゃん?」

「まだよ、生まれてきたらね」

「でも、もう赤ちゃんはお腹の中にいるんでしょ？」

「そうよ」

「じゃあ、わたしはもうお姉ちゃんだよね」

「生まれてきてからよ」

母はまだ何か言ったかもしれない。

そのときから私は、自分のことをお姉ちゃんと名のった。

私は、父にも母にも兄にも、お姉ちゃんと名のった。

父も母もはじめはあきれてそれを黙認し、そしてそれは、ほぼ永久に固定してしまった。

私はそれ以前、自分のことを何と名のっていたか覚えていない。


私は生まれてきた弟に、ほとんど興味を持たなかった。

弟は病院で生まれたのか家で生まれたのか。

気がついたときは、木の赤ん坊用のベッドにいた。

ベッドの奥の壁に、父の書いた漢字を並べた白い大きな紙が二枚たれていた。

生まれてきた子を祝う、漢詩のようなものだったのかもしれない。

私は弟を見ないで、その読めない字をしげしげと見た。

ある日、赤ん坊のベッドの横に大きなざるが置いてあり、その中に小豆《あずき》が入っていた。

兄はその小豆を一つぶ、赤ん坊の鼻の穴の中に押し込んだ。

赤ん坊はくしゃみをして、小豆をはじき飛ばした。

私と兄はゲラゲラ笑った。

兄はもう一つざるの中から小豆を持ってきて、赤ん坊の鼻の中に押し込もうとしたが、小豆が大きすぎて入らなかった。

兄はそれを、自分の鼻の穴の中に押し込んだ。

そして、「フン」といきんで、小豆を飛ばした。

水っ鼻もいっしょに飛んだ。

私たちはゲラゲラ笑った。

今度は兄は、ざるの小豆の中に顔を埋め込んで、思いっきり小豆を吸い込んだ。

兄の鼻はぐっと横に広がって、ボコボコして見えた。

兄は「フン」といきんだが、小豆はただボロボロと鼻から落ちただけだった。

そして兄は異様な顔つきになった。

鼻のうんと奥に、一個だけ小豆が入り込んでしまったのだ。

鼻の上から指で押さえたり、小指をつっ込んだりしたが、小指をつっ込んだので、さらに小豆は奥に入った。

兄は息を吸い込んで吹き出させようとしたが、小豆はもっと奥に吸い込まれてしまった。

兄の目は恐怖で次第に見開かれ、私は兄が死ぬと思い、心臓がきしみ出すほど痛くなった。

私は床に土下座して、頭を床に何度もぶつけて泣き出した。

まるで、自分の鼻の奥に豆が入って、床に頭をぶつければ小豆はとれるかもしれない、と思ったようだった。

私の泣き声で、兄はほえるように泣いた。

鼻の穴を天井に向けたまま。

その小豆がどうやって出てきたか覚えていない。

よく日のあたる暖かい日、庭で、声をあげて笑うようになった弟を、母がしゃがんで抱きあげていた。

母は、弟のお腹に顔をうずめてくすぐった。

弟は身をそらして笑った。

ふたりのころがるような笑い声は空に吸い込まれて、くり返しくり返し湧《わ》きあがっていった。

私はよく笑う太った弟を、初めてかわいいと思った。

そして、その弟のお腹に顔をうずめて弟といっしょに笑う母を、絵本の中の優しいお母さんみたいだと思った。

のけぞって笑う弟の鼻の穴が、しゃがんでいた私から見えた。

その弟の鼻の穴を見て、喜びがふきあがるように湧いてきた。

それは鼻の穴に小豆を入れた弟が無事だったということではなく、兄が、あの一つぶの小豆を鼻から出して、今もちゃんと生きているという安心感だった。

四

父は市街電車に乗って会社に行った。

電車通りにびっしりと屋台が並んでいて、支那人《しなじん》のわんわんした気配があった。

壁に白いかたまりを投げつけてあめをつくるあめ屋もいた。

三角の馬ふん色をした蒸しパンを並べている屋台もあった。

蒸しパンの中に干したなつめが入っていて、そこだけ光っていた。

大きな鉄のなべを地面に置いて火をたき、とうもろこしの粉をこねたものを、あっという間に二、三十個なべの内側に等間隔に「ペチャッ、ペチャッ」と投げつけるパン屋は、手品つかいみたいだった。

もち粟《あわ》の中にあんこを入れて揚げるチャーガオ屋には、人が行列していた。

ハエがぶんぶんまっ黒にむらがっていた。

どこから来るのか、ラクダが長い足を折って、泥の壁のそばに静かに座っていた。

ラクダは全体が黄色いほこりにまみれていて汚らしく、長い白っぽいまつげにも、黄色いほこりがフワッとついていた。

ラクダが静かにゆっくりまばたきをすると、私は淋しかった。

おばあさんの卵屋が地べたにしゃがんでいた。

平べったい大きなざるに、薄茶色の卵を山盛りにしていた。

卵屋のおばあさんは、紺色の木綿《もめん》のみじかい支那服を着て紺色のズボンをはいていたけれど、支那服の胸ははだけていた。

首に大きなこぶがだらりとたれていて、首のボタンがはまらないのだ。

そのこぶは、ちょうど大きめな卵が中に入っているくらいで、丸くて日にやけた皮膚がぴかぴか光っていた。

洋服からはみ出している皮膚が、どこもかしこもしわしわなのに、こぶだけは、つるりんとして、しわがぜんぜんなかった。

私は卵屋のおばあさんは、あのこぶの中に卵を入れているのだと思っていた。

だから並べてある卵は、おばあさんがこぶから産むのだと思っていた。

支那人のざわめきと食べ物の濃い匂いが、電車通りにぎゅっと押し込んだようにあふれていた。

ときどき阿媽《アマ》が、私を乳母車に乗せて買い物に連れていった。

私は乳母車の中から電車通りを見ると、わくわくした。

ハエがわんわんむらがっている食べ物は、私がまだ食べたことがないものばかりだった。

私は何でもいいから食べてみたかった。

なかでも我慢できないほど欲望をそそられるのが、わらの筒《つつ》にさしてある、鮮やかなピンク色の果物を三つか四つ串ざしにして、てかてかにあめをからめてあるものだった。

それはどんな遠くからでも、私の目に飛び込んできた。

私はどんな目つきをしてそれを欲しがっていたのか。

阿媽はその前を通るとき、首を横に振った。

私は食べたくて食べたくて、身もだえせんばかりだった。

それはいつも遠ざかっていった。

私は乳母車のへりにつかまって、遠ざかっていくピンクの玉を、切なく思い切れなかった。

ある日、阿媽はその前で止まった。

そして一本を買ったのだ。

興奮で世界中がワナワナふるえ出した。

ワナワナふるえていたのは私だった。

串を手にしたまま阿媽は、お母さんに言ってはいけないと言った。

私は大きく何度もうなずいた。

やっと私が串を手にしたとき、乳母車が動いた。

そして串は地面に落ちた。

私は声も出なかった。

地面に落ちたピンクの串は、遠ざかっていった。

阿媽がそれに気がついて、私を見た。

私は黙って阿媽の目を見た。

阿媽は落ちたピンクの串を見て、舌打ちをして、そのまま乳母車を押しつづけた。

私はいつまでもいつまでも、落ちたピンクの玉の串を見ていた。


父が財布を忘れて、会社に出かけたことがあった。

母は財布をつかんで父を追った。

母が帰ってきて、大きな声で私と兄に言いつけた。

「お父さんはチャーガオ屋にいた。チャーガオをフウフウ言って食べていた。財布を忘れたまんまで」

私はそのとき、父をとても好きだと思った。

五

私たちの外界のはじまりは、路地の門をくぐると開ける小さな広場だった。

大きななつめの木が、四本並んでいた。


家にいると、キーコキーコと音がする。

私と兄は路地を走って見にいく。

なつめの木の下に、茶碗屋がいた。

茶碗屋は、割れた茶碗に小さな穴をあける。

細長い金属で茶碗に穴をあけるとき、キーコキーコと笛のような音を出した。

私と兄はその前にしゃがみ込む。

茶碗屋は、二つに割れた茶碗の両方に穴をあけ、それに金色の真鍮《しんちゅう》の小さな留め金をさし込む。

茶碗は、手術のあとのお腹のようになった。

床屋も来た。

床屋は、赤い箱を、赤い天秤棒の両方にぶら下げて来た。

赤い箱には引き出しがあり、その中にバリカンやはさみが入っていた。

箱の一つにお客が座ると、床屋は引き出しの中から白い布を出して、お客の首に巻いた。

私と兄は、しゃがみ込んでずっと見ている。

兄は私の肩に手をかけ、私はその手を自分の手で握っていた。

私は握っている手が疲れると、別の手にかえた。

兄の手の爪が見える。

兄の爪は薄い紫色をしていた。

私はときどき、床屋を見ないで、兄の爪を見ていた。


父が会社に行くとき、私はなつめの木の下まで、父と手をつないで行った。

そして、なつめの木の下で手を振った。

手を振り終わると、私はすることがなかった。

私は、なつめの木にしがみついた。

ざらざらした木の幹に顔をこすりつけると気持ちがよかったので、私は幹にしがみついたまま顔を動かした。

そして、いつ幹から顔をはなしていいのか、わからなかった。

シーンとして誰もいない。

誰か通りかかればいいと思いながら、私はいつ幹から離れてよいかわからないままじがみつきつづける。

シーンとしている。

自転車に乗った中国人の女学生が二人、通りかかった。

女学生は私の方を見る。

私はほっとして、幹からからだをはなして家に帰った。

夏になると、なつめの実が落ちた。

私はひろって食べる。

茶色い実もまだ青い実も、どこか虫がくっていた。

そこをよけて、しゃがんで、いつまでもなつめの実を食べた。


一日おきに、水屋が水を売りにきた。

北京は水のない町だった。

水屋は一輪車に、丸い木の風呂桶のような桶を一つのせて、なつめの木の下に止めた。

母は、針金に通した小さな竹の札を何枚か水屋にわたす。

竹の札は黒光りし、カタカタ音がした。

水屋は札と同じ数だけの水の入った木の桶で、家の台所の水がめに水を満たした。

一輪車の水桶の下の方に丸い穴があいていて、ぼろきれを巻いた太い木で栓がしてあった。

通りかかった支那人がときどき、水屋が私の家の方に行っているあいだにその栓を引き抜いて、
飛び出してくる水に口をつけて飲み、また栓をした。

父がしたのを見たこともある。

ある日、私もそれをやってみようと思った。

ぼろに巻かれた栓は、なかなか抜けなかった。

私は、こん身《しん》の力をふりしぼって引き抜いた。

水がまるで石のかたまりになったように飛び出してきた。

私は、はじき飛ばされそうになって、少しだけ水をなめた。

水はかたい棒のようであり、私は棒の外側をなめただけだった。

私は、ぼろきれを巻いた栓を、また穴につっ込もうとした。

水は栓をはじき飛ばし、私をはじき飛ばした。

私は栓を捨てると逃げ出した。

遠くで、水屋のどなる声がきこえたような気がした。

兄はいなかった。
それから私は、あまり行ったこともない路地から路地を歩いた。
ときどきしゃがみ込んで、地面をこすって穴をあけた。
水桶は、からっぽになってしまっただろうか。
水屋は母に言いつけるだろうか。
地面に、折れたくしが落ちていた。
私はそれをひろって、手で汚れをきれいに落とした。
くしの目と目のあいだの汚れは、折った木の葉っぱをつっ込んで落とした。
折れたくしは、あめ色に光った。
私はそれを持ち、それまで行ったこともない朝鮮人の洗たく屋に行った。
そしてその家の、私より年かさの女の子にそのくしをあげるから遊ぼうと言った。
女の子はくしの裏表をとっかえひっかえ調べてポケットに入れ、
「遊ばないよ」
と言った。

私はのろのろ家へ帰った。

明るい真昼だった。

お汁粉の匂いがしていた。

兄はもう食べたあとらしかった。

「いったいこの子は、どういう子だろう」

母は私をにらみつけ、汁粉の入ったお碗とはしをくれた。

私は部屋の隅に行き、隅に向かって泣きながら汁粉を食べた。

水桶はからっぽになってしまったのだろうか。

兄はにやにや笑いながら、私の後ろを行ったり来たりした。

水桶はからっぽになってしまったのだろうか。

それから私は、水屋が来ると家の中で息をころしてじっとしていた。

水屋は、来るたびに私をさがしてつかまえようとしているような気がした。

六

家の門を開けると、泥の塀に囲まれた細い路地が右にのびていて、路地の入口にも屋根のついた門があった。
私の家はどんづまりから二番目だった。

隣の隣の家には支那人が住んでいて、いつも門が開きっぱなしだった。
そして中庭であひるを飼っていた。
あひるは自分の家の門を越えて、路地まで出ていることがあった。
私はあひるが路地に出ていると、辛抱強く、あひるがいなくなるまで待った。
あひるは、ぶ厚いもえるようなくちばしをしてヨタヨタ歩き回っている。
ある日私は路地から家へ向かっていた。
振り向くと、あひるがオレンジ色のくちばしで私のおしりにかみつこうとしていた。
私はギョッとして走り出した。
あひるも私のおしりから一ミリも離れず走ってくる。

私は大声をあげて泣きわめき、持っている力のかぎりで逃げた。

私は首を後ろに向けたまま逃げた。

あひるはグワッグワッと鳴きながら、ほとんど私のおしりにかみついているのと同じだった。

しかもあひるの方が、明らかに私より体力の余裕がありそうに見えた。

私は家のお碗型のチャイムにぶら下がっている輪っぱを、飛び上がって鳴らした。

私が飛び上がると、あひるも飛び上がる。

のんびりした支那人の阿媽《アマ》が、ガラガラと四角いかんぬきを引き抜く時間の長さといったらなかった。

門が開くと同時に、私は庭に飛び込んだ。

阿媽は大口を開けていつまでも笑っていた。

あのあひるは、私と全く同じ背の高さであり、あのオレンジ色のプラスチックのようなくちばしは、私のおしりをひとくわえできるほど大きかったと今でも思う。

家の門は八角形だった。

八角形でグリーンのペンキが塗ってあった。

路地側から見ると、門と続きの塀には細いななめの桟《さん》が菱形《ひしがた》に打ちつけてあり、それもグリーンだった。

そして内側の泥の塀とのあいだに、二〇センチほどのすき間があった。

夏のあいだ、菱形の桟に朝顔のつるが巻きついていた。

私と兄は、ときどき、菱形の桟と桟のあいだに棒をつっ込んでかき回した。

かき回しても何があるわけでもなく、中は暗いだけだった。

ある日、その桟から蜂が何匹も出たり入ったりしていた。

兄はランニングに半ズボンをはき、長い棒を持ってきた。

「この中に蜂の巣があるんだ。蜂は悪い奴だから、たいじする」

兄は長い棒をめくらめっぽう桟の中に入れてかき回した。

何かがストンと落ちたと同時に、塀のあいだから、何百匹という蜂がかたまりになって飛び出してきた。

空が暗くなった。

兄は棒を捨てて門の中に逃げ込んだ。

私は門を抜け、家の玄関に飛び込み、ガラス戸を閉めた。

兄は一生懸命八角形の門を閉めて、太いかんぬきをかけようとしている。

蜂は塀の上を飛び越えて、兄の頭の上でうず巻いている。

私は玄関から大声で兄を呼び、ガラス戸の中にひっぱり込んだ。
兄の頭に何本もの蜂のやりがつきささり、しばらくすると頭はボコボコになった。
兄はずっと泣いていた。

父が会社に出かけるとき、私たちは門のところまで行って手を振った。
会社に行くとき、父は立派な人だった。
黒いシボシボのあるカバンは、何が入っているのかわからなかった。
そして灰色と茶色のまざったコートを着て、ピカピカにみがいた靴をはいた。
私は毎朝、父が靴をはくのをしゃがみ込んで見た。
足が靴べらで靴の中に押し込まれるのを見ると、とても充足した。
父は泥の塀に囲まれた路地を、細長い体をゆらしながら、路地の門で消えた。

七

冬、朝起きると、窓ガラスにレースのような氷の模様ができていた。

小さく区切られたガラス窓は、一枚一枚ぜんぶ違う連続模様がびっしりできていた。

私と兄はそれを爪でこすり取った。

生まれて初めて、私はほんとうに不思議なものを見た。

毎朝毎朝、不思議であった。

昨日と同じものは一つもない。

何枚もの違う氷の模様の中で、私と兄は、たちどころにいちばん美しい一枚を選び出すことができた。

あるいは兄が選ぶものに、私は何の疑いも持たずに同意したのかもしれない。

あるいは兄が選ぶものが、私の中でいちばん美しいものになったのかもしれない。

そしてその一枚に、どちらが先に爪を立てるかあらそってけんかをした。


朝ごはんがすむと、私と兄は、吸入器の前に首のまわりにタオルを巻いて座った。

アルコールランプをつけると、ガラスの筒から湯気がシューシュー汽車の蒸気のように出てきた。

その湯気の真ん中に口を開け続ける。

口からだらだら水がたれて、それを銀色の皿に受けた。

実に苦痛であった。

口がくたびれるのである。

コップ一杯の水が湯気になってなくなるまで、口をダーッと開けて、目ばかりキョロキョロさせていた。

終って母がタオルでごしごし顔をふいてくれると、ひび割れてガサガサしている自分のほっぺたが、つるりとしているのがわかった。

私は、何のために吸入器の前に毎朝座るのかわからなかった。

考えもしなかった。

「きゅうにゅう」というものは、世界中の子供が受けねばならぬ難行苦行《なんぎょうくぎょう》なのだと感じていた。

私は、兄以外の子供をほとんど知らなかった。

兄と私がすることは、子供ぜんぶがすることだと私は思っていた。

家の前の路地に、荷車を引いて来た馬がおしっこをするのを見た。

馬は、触ればはじき飛ばされそうな太いおしっこをしていた。

湯気が出ていて、くさかった。

おしっこは地面にとどくまでに凍って、地面に氷レモンのようなサクサクする氷の山ができていた。


夕方会社から戻って来ると、父は外の寒さのかたまりのようになって、家の中に入ってきた。

父が歩くと、冷たい風が動いた。

父のオーバーに顔を近づけると、冷たい膜が父をしっかり包んでいるのがわかった。

見上げると、父の鼻毛の一本一本に白い霜《しも》がびっしりついていた。

私は、自分に黒々とした鼻毛がないのが残念だった。

それが溶けると、父は鼻みずをたらし鼻をかんだ。

私は、火の玉のように胴をオレンジ色にして燃えているストーブのある家で、近よると寒い父の側によったり離れたりするのが面白くて、父が寒くなくなるまでまとわりついていた。


冬になると、乞食《こじき》が急にたくさん現れた。

乞食は、空缶に針金をつけたものだけを持っていた。

朝ごはんを食べていると、門で物乞いをする乞食の声がきこえてくる。

長く音をひっぱる泣き声がまじる支那語は、うちの支那人の阿媽《アマ》のしゃべる声と別であった。

私は、乞食は乞食用の声を持っていて、ほかに声がないのだと思っていた。

乞食の声がきこえると、阿媽は台所から出ていって、門でどなっていた。

しばらく静かになり、阿媽は台所に戻る。

またきこえる。

父が舌打ちしながら、いきおい込んで立ち上がる。

私には父が待ち構えていたように思える。

父は門のかんぬきを引き抜いて、その長い棒を振り回す。

そして静かになった。

父がある日帰って来て、なつめの木のある広場で年とった乞食が死んでいると言った。

出かけていくときはまだ生きていた。

長い爪で、凍った地面をひっかいたあとがあったと言った。

父はそばに寄って調べたのだろうか。

ある朝、女の乞食の声がした。

女の声に、細い声がいくつもまじっていた。

子供の声だった。

阿媽は門の内側でどなっていた。

女の声も細い声もやまなかった。

父が出ていった。

窓から門が見えた。

赤ん坊を抱いた女の乞食がかきくどいていた。

その周りに、小さな何人もの子供が、泣き声とも叫び声ともつかない声を出していた。

それは抑揚のない、一本の糸のようにきこえた。

父はかんぬきを振り回した。

声は次第に遠くになったが、調子は低くも高くもならず、切れ目もなかった。

そして、やがて消えた。

たくさんの乞食を見た。

しかし私は、小さな子供が何人もまとわりついていた乞食を見たとき、息が止まりそうだった。

兄と同じくらいの子供も、私と同じくらいの子供も、もっと小さな子供もいた。

私と兄は、こすり落とした美しい氷紋《ひょうもん》の溶けたあとの窓ガラスにへばりついて、見ていた。

ストーブが火の玉のように燃えている部屋の窓から、ただ見ていた。

門が閉まったとき、私の目を見た兄の目を、何と表現したらいいのか。

私は成長するにしたがって、子供をたくさん連れた女の乞食を思い出すことに強い苦痛を感じた。

馬のおしっこも凍る北京の寒さの中で、どこかに消えていった調子の変わらないあの家族の声を思い出す苦痛とともに、父が特別に残忍な人だったのではないか、という疑いを持つ苦痛であった。

そして、何も言わずに私の目を見た兄の目を、忘れることができない。

八

万寿山《まんじゅさん》に行った。

父と母が、両手をつかんで私を歩かせた。

水たまりがあると、父と母はそのまま私を持ち上げた。

私は体中がうれしかった。

お弁当を食べた。

写真を撮った。

写真には、二歳になっていないくらいの私が、あらぬ方を向いて、エプロンをかけて、赤ん坊用の帽子をかぶっていた。

私はその写真をたびたび見た。

写真を見ると、そこへ行くまでに、父と母が水たまりで私をつるし上げてくれたことを思い出すことができた。

私は、写真を見るたびにそれを思い出した。

天壇《てんだん》に行った。

天壇を後ろにして写真を撮った。

その写真を見ると、モノクロームであるのに、私は天壇の青とグリーンのまざったような、輝くような丸い屋根を思い出すことができた。

三歳のときも、五歳のときも、今も。

父が兄の三輪車を買ってきた。

写真を撮るので、私と兄は、空のリュックサックをしょった。

兄が三輪車にまたがり、私は三輪車のサドルについている金具につかまって、三輪車の後ろにしゃがんで乗った。

その写真がよく撮れているので、大きく伸ばした。

いつもの小さな写真は表面がツルツルしていたが、大きな写真は、ザラザラしていて茶色かった。

私はその写真を見ると、髪の毛がつむじから流れている自分の頭を思いおこした。

そのときいっしょに撮った写真に、私がひとりで砂場にしゃがんでいるのを、真上から撮ったのがあった。

同じ洋服を着ているので、同じ日だということを覚えていたのだ。

砂場でしゃがんでいる私の写真を見ても、よく撮れた三輪車のことは思い出さなかった。

もっと大きくなってよく撮れた三輪車の写真を見ると、乗って乗って乗り疲れさせた三輪車が、サドルの前で真っ二つに割れた日のことを思い出した。

三輪車に乗って遠出した兄が、二つに分かれてしまった後輪と前輪を両手にひきずって、泣きながら門の前の路地を帰って来た。

その時の兄の靴を思い出した。

太いベルトについている二つのボタンを止めないではいていた兄の靴が、パッカンパッカンと動いていた。

靴下をはかないやせた兄の足のかかとが、その靴からはみ出したり、見えなくなったりした。


何でもないのに、庭で写真を撮ることがあった。

みんな洋服を着替えて帽子をかぶった。

私はどうにかして、自分ひとりだけで写真を撮ってもらいたいと思った。

頭の真上からなんかでなく。

着物を着た母を、父は写真に撮った。

母を、門のわきの塀の前に立たせた。

塀にからみついたつるに、花が咲いていた。

母が正面を向いて立つと、父は後ろを向けと言った。

後ろを向くと、片方の足をななめ後ろに出せと言った。

母は不機嫌になり、父は、

「そうじゃない」

と舌打ちをした。

母の着物は、グレーに黒い竹の葉っぱがついていた。

顔のまったく見えない後ろ向きの母の写真を見ると、私は父と母の不機嫌な気配を思い出した。


日本からときどき小包が来た。

人形と雑誌が入っていた。

座敷に正座して、兄は雑誌を持ち、私は人形を抱いた。

父は雑誌の表紙をカメラの方に向けさせた。

そして私に、人形もカメラの方を向かせて抱けと言った。

そんな風に人形を抱くのは嘘みたいだと私は思った。

実に私がかわいく写っていたが、その写真を見ると、嘘くさいことをやったもやもやしたいらだちがよみがえってきた。

会ったこともないおじいちゃんから、振袖《ふりそで》の着物が送られてきた。

私は興奮した。

ついに私も、隣のひさえちゃんのような、にぎにぎしい着物を着ることができる。

紅色にごちゃごちゃ模様のついた着物が出てきて、それに触ったとき、私はばく然とがっかりした。

手ざわりが、ひさえちゃんの着物と少しちがうのだった。

私はひさえちゃんの着物がほんとうで、私の着物はほんとうではないのではないかと思った。

帯が出てきたときは、はっきりとがっかりした。

ひさえちゃんの帯のように、かたくてゴソゴソしている帯ではなく、薄い一本の布だったからだ。

それに金色の刺繍《ししゅう》がついていなかった。

ところどころにぶつぶつがあり、手でひっぱると、そこはゴムのように伸びた。

それから、小さな赤いエナメルのハンドバッグがあった。

私は興奮した。

口金に、丸い赤いセルロイドの玉がついていた。

開けるとパチンと音がした。

私は力を込めて閉めようとした。

ピーンと音がして、赤い玉は天井に飛んで行ってしまった。

私はぼう然とした。

それを着て写真を撮った。

着物に手を通すと、人形になったようにうれしく、満足して、口を閉めようとしても横に広がってしまうほどうれしかった。

父はたもとをたたみに流して、その形をあれこれ変えた。

そして、ついにひとりで真正面から写真を撮ってもらった。

それから、兄に新しくできたオーバーを着せた。

父は、兄と着物を着た私を、八角形の門のところに立たせた。

兄は帽子をかぶり最敬礼をした。

ふたりで並んだが、兄は明らかに私のそえものであった。

私は満足し、兄にすまないような気がした。

その写真を見ると、私は初めて触った着物の肌ざわりを思い出した。

そして、もやっとした不満を思い出すのだった。

九

よそ行きの洋服を持っていたから、よそへ私は行った。

しかし、よそがどこだかいつもわからなかった。

知ろうともしなかった。

いヽ、ヽ、よそ行きは突然だった。

突然よそ行きの洋服が出されると、もうそれだけで興奮した。

私はどこへ行くのかききもせず、ひたすら、いちばんよい帽子と靴とケープを着たかった。

私は夏でもフェルトのブドウ色の帽子をかぶりたがり、母が、

「馬鹿な子だね」

と取り上げて、夏用のピケの帽子を頭に押しつけると、欲求不満でむしゃくしゃした。

私は執念深くフェルトの帽子をかぶりたいと思った。

よそ行きのとき、家中がバタバタわき立って、ときどき父と母がどなり合ったりした。

母は化粧で華やかになり、黒いビロードの支那服など着ると、私は晴れがましくうれしく、きつねのえり巻きもレースのパラソルもぜんぶ身につければよいと思い、そばへ行って触りたく

なった。

私は母のきれいなものを見るとかならず、

「これ、私がお嫁に行くときちょうだいね」

と言った。

母と父が玄関を出ようとして言いあらそっていた。

父は母に、黒いハイヒールをはけと言い、母は歩きにくいと言い、父は恐ろしい顔をして不機嫌だった。

私はわくわくして、ハイヒールをはけばいいと思った。

私はしゃがんで、母が靴をはくのを見た。

母の足は私の目の前で巨大であった。

そして親指のつけ根のところの骨が、丸く大きく出っ張って、よそ行きの絹の靴下を透かして、そこの皮膚だけが光っている。

黒いハイヒールは、母の足よりずっと小さく優雅に見えた。

その骨の出っ張った足がハイヒールに押し込められる瞬間、胸がどきどきした。

母の足は、ハイヒールの中に入るとにわかに小さくなり、母は完璧なきれいな人になるのだった。

夕暮れはじめた庭は、よそ行きのとき、いつも青く透き通っていたような気がする。

そして、それからどこへ行ったか思い出せない。


私は鴨《かも》がぎっしりつまっている網の前にいた。

鴨はねずみ色をして、網の中でひしめいて、騒々しく鳴いていた。

父と母と安藤さん一家が、網の前で立っていた。

私と兄と安藤さんちの孔ちゃんは、大人たちの前で網にへばりついて鴨を見ていた。

孔ちゃんは、おしめでふくらんだおしりを何度も地べたに落とした。


大きなレンガに囲まれた部屋があって、下から火がオレンジ色の炎を出していた。

オレンジ色の炎のために、レンガが赤く光っていて、部屋中オレンジ色だった。

そして天井から毛をむしられて丸裸になっている鴨が、だらんと首を下にして、何匹もぶら下がっていた。

いま毛をむしられたばかりの白っぽい鴨から、茶色に光って汁をしたたらせている鴨まで、ぎっしりとぶら下がっていた。

とり肌立っている鴨は、寒そうで暑そうだった。

私たちは鴨が焼けるあいだ、金魚を見にいった。

大きな赤茶色いかめが、見わたすかぎり並んでいるところだった。

私には、背の高いかめの中は何も見えなかった。

かめはざらざらして、ところどころに白いしみがあった。

父が私を抱きあげて、かめをのぞかせてくれた。

かめの中に、赤や白や黒のぶちのある金魚が、ぐっちゃり泳いでいた。

目をあげると、かめの丸いふちが延々とどこまでも広がっている。

隣のかめまで、父は私のわきの下をはさんで移動した。

かめの中は真っ黒だった。

よく見ると、真っ黒で目が飛び出して黒いひらひらがたくさんついている金魚が、何重にも重なって動いていた。

私は汚ない金魚だと思った。

目をあげると、かめの丸いふちが延々と広がっている。

無数のこのかめの中に、ぜんぶ金魚が入っているのか。

かめの終わりはない。

どこまでもどこまでも広がっている。

私は、父が私をはさんで、永久に金魚をのぞかせてくれるといいと思った。

私は金魚が見たかったわけではない。

父に、わきの下をはさまれて、抱きあげつづけてもらいたかった。


私と兄は、高い椅子のある部屋のじゅうたんにころがって、待ちくたびれていた。

鴨が焼きあがらないのだ。

床にころがるたびに、

「汚ない、立ちなさい」

と言われ、私は、

「まだ？　まだ？」

とききつづける。

私は待って待って待ちつづけた。

グリーン地に金色の模様のある椅子張りの生地《きじ》しか見えない。

私はもう、自分がよそ行きの洋服を着ていることの興奮などなくなって、ひたすら退屈していた。

私は永遠に北京鴨《カオヤーズ》が焼きあがるのを待ちつづけたのだ。

十

隣の小母《おば》さんは三味線《しゃみせん》をひいた。

毎日ひいていた。

だからいつも和服を着ていた。

歳は母よりずっと上だといま思うが、子供のとき、大人の歳というものはみな同じだと思っていた。

父が、

「芸者だったんだろう」

と言った。

私は芸者が何だかわからなかった。

ときどき三味線を持った、ものすごくきれいな着物を着た女の人が何人か、隣の家の門から中に入っていった。

ものすごくきれいな着物を着た人たちは、ものすごくきれいに見えた。

私は着物と中身の区別がつかなかった。

とてもきれいな着物は、からだから生えてきているみたいに見えた。

ある夜、隣の小母さんと、ものすごくきれいな着物を着た人がふたり、家へ来た。

私はとても驚いて、とてもうれしかった。

その人たちと、父と母と隣の小母さんが何をしたのか、私は知らない。

お茶を飲んで話をしたのかもしれないし、みんなで三味線をひいたのかもしれない。

私がびっくりしたのは、そのうちのひとりの、ものすごくきれいな着物を着たものすごくきれいな人が、鼻血を出して、父のひざの上であお向けになってしまったことだった。

私は、そばにぴったりへたり込むようにして、その人の顔を見た。

卵のようにきれいな肌と言うが、卵だってよく見るとこまかいざらざらがある。

その人は、どんなこまかいざらざらもない、つるんつるんの真っ白な肌をしていた。

そして鼻から真っ赤な透き通るような血を、つーっと流していた。

母と隣の小母さんは、脱脂綿をさがしたり、爪楊子《つまようじ》を出したりしていた。

真っ白な脱脂綿を、父が鼻の穴につめた。

すると、その真っ白な脱脂綿の真ん中から、花の芯が開くように、真っ赤な血がにじんで広がっていった。

私は息をのんだ。

私は血がにじんで広がるのを、何度も見たいと思った。

その通りになった。

父は、何度も脱脂綿を、卵よりつるんつるんの人の鼻の穴につっこみ、血は何度もパアーッと広がっていった。

隣の小母さんとものすごくきれいな人たちが帰ってから、父と母はけんかをした。

母は泣いていた。

「何もあなたがわざわざすることはない」

と母が言った。

「馬鹿野郎」

と父が言った。

私は、ものすごくきれいな人の顔が父のひざのあいだにあお向けになっていたことが、やはり悪いことのような気がした。

きれい過ぎて、父と似合わないような気がしたのだ。

でも、私は真っ白い脱脂綿にパアーッと真っ赤な血がにじんでいくのを見られて、すごく得をしたような気がした。

私は初めて、父が母をなぐったのを見た。

その前から母は泣いていた。

父が、

「あやまれ」

と言った。

「あやまったじゃないですか」

と、母は前かけで鼻をふきながら言った。

「いつあやまった」

「だからさっき、ああそうですかと言ったじゃないですか」

「ああそうですかが、あやまったことか」

母は横座りになっていた。

父は立ちあがって、母の左手を持ちあげ、わきの下を何度もなぐった。

母は、グレーの上着を着ていた。

それから私は、母がその上着を着ているのを見ると、父になぐられた母のわきの下が目の前に浮かんだ。

「ああそうですか」

ということは、あやまったことではないということが、私にわかった。


私は電車通りまで、ときどきひとりで遊びに行った。

途中に、いろんな色のタイルを張って、ステンドグラスもある家があった。

私は、その四角いいろんな色のタイルを、しゃがんで一枚一枚触るのが好きだった。

二センチ四方ぐらいの水色とグリーンのタイルが交互に並べてあり、私は人さし指でいつまでもなでてあきなかった。

どの水色も、少しずつちがう色をしていた。

あるとき、ステンドグラスがはまっているドアが急に開いて、ものすごくきれいな着物を着た、ものすごくきれいな人が出てきた。

いつも三味線を持って隣に来る人だと思ったが、その人が鼻血を出した人かどうか、わからなかった。

ものすごくきれいな着物を着た人たちは、みな同じに見えて、顔の区別ができなかった。

その人は、とても優しく私に笑いかけ、白い紙に包んだピンク色のお菓子をくれた。

私は何度か紙に包んだお菓子をもらい、とても優しい笑顔を見た。

ある日、母がそれを知った。
母は、
「あの家には行っちゃあだめよ」
と言った。
私はそれからその家の前を通るとき、タイルを見ないようにした。
そして、タイルにとても触りたかった。

十一

また、母が赤ん坊を産んだ。

すぐ下の弟が生まれたときは、母のお腹が丸かったのを覚えているが、次の赤ん坊は突然ベッドの中にいた。

その赤ん坊は、くったりしていた。

隣の小母さんは、くったりしている赤ん坊の前で首を振った。

そして私を連れてデパートに行った。

小母さんはガラスケースの前を行ったり来たりして、

「どれがいいかしら、洋子ちゃん」

と私に、大人に相談するように言った。

ガラスケースの中に、箱に入った赤ん坊の着物が並んでいた。

小母さんは、レモンイエローの綸子《りんず》の着物の前で、

「これがいいわね、男の子だから」

と私に同意を求めた。

青い色が男の子の色だと思っていたが、くったりした赤ん坊だからレモンイエローなのかと私は思い、

「うん」

と言った。

レモンイエローの着物に幅の広い羽二重《はぶたえ》の白いひもがついていて、ひものつけ根が、絹糸で麻の葉の形に留めてあった。

私はそれに感心した。

赤ん坊は鼻からコーヒー色の血を流した。

血の中にコーヒーのかすのようなぶつぶつがまざっていて、母がふいてもふいても止まることなく流れた。

隣の小母さんは、

「かわいそうに、かわいそうに」

と赤ん坊のベッドの前にひざまずいて泣いた。

小母さんが泣いたので、私は赤ん坊が死ぬのだと思った。

赤ん坊は泣きもせずに、くったりしたまま、鼻からコーヒー色の血を流していた。

門からいちばん近い応接間で葬式をした。

私と兄は、その部屋に入れてもらえなかった。

庭にも人が大勢立っていた。

天気のよい、明るい真っ昼間だった。

私は庭へ飛び出して、立っている人のあいだを走りぬけたり、応接間の入口でうろうろしたりした。

扉が突然開いて、きんきらきんの赤いものを着た坊さんがニューッと現われた。

きんきらした赤い前かけのようなものの上に、紫色のきんきらしたたすきがかかっていて、手には透き通ったネックレスのようなものを持っていて、それにもびらびらと糸がたれていた。

私は龍宮城のようだと思った。

私は立っている人の足もとにもぐり込んで、応接間を庭の方からのぞいてみた。

高いところに小さな棺桶《かんおけ》があり、緑色の布がかかっていて、それにも金色の模様がついていた。

私は初めて棺桶を見た。

その横に、見たこともないほどの山盛りになったまんじゅうがあった。

母はハンカチを持って、人と人とのあいだで、

「はい、三十三日目でした」

と言っていた。

誰にでも、

「三十三日目でした」

と言っていた。

庭に、グレーのスカートをはいて、白いブラウスを着た若い女の人が立っていた。

母は、

「三十三日目でした」

とハンカチをくしゃくしゃに握りながら庭に目をやり、そばにいた父の同僚の親しい奥さんに、
せき込んだ声で、

「ちょっと、あの人だれよ」

と言った。

三十三日目でしたという声とぜんぜんちがう声だった。

奥さんは庭に目をやり、

「知らないわネーェ」

と言った。

誰もいなくなって、私と兄はまんじゅうを一つずつもらった。


小さな白木の位牌《いはい》をかざった棚を、板の間につくった。

位牌の横に小さな小さな骨箱があった。

骨箱は白い布にくるまれて、てっぺんに白いひもが花模様のように結ばれていた。

私はそれに感心した。

その横に、隣の小母さんがくれたレモンイエローの着物の入った箱が立てかけてあった。

隣の小母さんが座って泣いていた。

小母さんは、レモンイエローの自分の買った着物を見て泣いた。

大人は、死ぬのがわかっている赤ん坊のために、急いできれいな着物を買うのだと思った。

箱に入っているきれいな赤ん坊の着物は、死んだあと飾るためにあるのだと私はずっと思っていた。


真っ暗な闇の中に、鮮やかな緑色のきんきら模様の布をかぶせてある棺桶が、宙に浮いている夢を見た。

夢の中では、母が死んで入っているのだった。

目をさますと真っ暗だった。

私はびっしょり汗をかいていた。

私は暗闇の中で目をこらした。

すると夢と同じ、きらきら光る緑色の布をかぶせた棺桶が、宙に浮いてゆらゆら動いていた。

十二

たたみの部屋の、高いところに神棚があった。

父は朝起きて洋服を着ると、それに向かってパンパンと乾いた音をたてて拝んだ。

私も目がさめると、手を二度鳴らして、目をつぶって拝んだ。

何のためにするのかわからなかったけど、それをしないと一日がスタートしない儀式だった。

私は、私の鳴らす音が父のように立派でないのが残念だった。

私はときどき昼寝からさめると、ぼーっとしたまま神棚のところへ行って、手をたたいて目をつぶって頭を下げた。

私の手の音で、私が寝ぼけていることが家中にわかった。


裸にパンツ一枚で昼寝をしていた。

目をさますと、腰から下がびっしょりぬれていた。

隣の部屋に黄色い電気がついて、ざわざわと夕食のはじまる気配がして、茶碗がぶつかる音がした。

私のことを起こさないで、自分たちだけでごはんを食べようとしている。

私はむしゃくしゃ腹が立った。

自分のねしょんべんのことも、むしゃくしゃした。

私はかけていたタオルの毛布を肩にしょって、パンツを見られないようにして起き上がり、神棚に向かって手をたたいた。

隣の部屋で笑い声がおきた。

「ほら、また、寝ぼけている」

「朝かと思っているんだよ」

私は空色のタオルをズルズルとひきずって、板の間をつっきって、むっとしたまま食卓に近づいた。

丸い座卓を家族がぐるりととり巻いて、私のところだけが空いていた。

そこに、小さな柳の木でできた椅子があった。

私と兄と弟のために、父が小さな椅子の足をさらに切って、小さなまな板のような椅子をつくってくれた。

そして墨で、おしりのあたるところに名前を書いた。

父が名前を書くとき、兄と私はしゃがんで、とてもおごそかな気分になった。

「漢字にするか、ひらがながいいか、カタカナがいいか」

と父は言った。

「漢字、漢字」

私は言った。

「洋子」と黒々と、板いっぱいに書いた。

私は初めて、自分の名前が書かれたものを自分のものにした。


私はむっとしたままそれに腰かけた。

ぬれたパンツがベタッとおしりにくっついた。

「タオルをとりなさい」

と母が言った。

私はどこかをにらみつけたまま、タオルにしがみついた。

そんなことをしたら、ねしょんべんがばれてしまうではないか。

「ほっとけ」

父が言った。

私はごはんを食べはじめた。

気がつくと、私の肩からタオルははずれていた。
そして、私はいつのまにか機嫌が直っていた。
夕食はすんだ。
満ちたりた私は、食卓をあとにして立ちあがった。

「あれ、ごらんなさいよ」
母が高い声で言った。
私は何かと思って振り返った。
「お前、ねしょんべんしたな」
父が言った。
父と母は笑い出した。
パンツはほとんど乾いていた。
私は急いで体をひねって、自分のパンツを見た。
「洋子」という字が裏返しになって、パンツにぺったりはりついていた。
椅子が見えた。
椅子の字は私のおしっこに吸いとられて、すっかりおぼろにかすんでいた。

いつまでたっても、私の椅子の字はかすんだままだった。

それぞれの椅子が黒ずんで古びても、兄と弟の椅子の字は黒々としていた。

それを見るたびに、それが日に十度でも、私は自分が昼寝のときにねしょんべんをしたということを律儀に思い出した。


しばらくして、兄の椅子の名前が書いてあるところがこわれた。

父はいらなくなった積木の箱のふたをこわして、こわれた椅子の部分にはめこんだ。

積木の箱は、鮮やかな緑色のペンキが塗ってあり、黒いぶちのある白い牛がいた。

兄の椅子は、名前の代りに派手派手《はではで》しい板になった。

私は兄の緑色の板を見ても、自分がねしょんべんをしたことを思い出すのだった。

十三

私はタオルのねまきを着ていた。

ねまきのひもは、後ろでかた結びになっていた。

私はふとんの上にペッタリと座って、かたくなって指の入らなくなった結び目をほどこうとしてじれていた。

ふとんの上で洋服に着替えていた父が、

「こっちへ来い」

と言った。

私は父を無視した。

私は泣き出して、そして手を後ろに回したまま、どんなことをしても結び目をとこうとした。

「こっちへ来い」

父の声が荒くなった。

私は泣き声に変化をつけず、そして微動だにしなかった。

「ほどいてやるから、こっちへ来い」

父は、

「こっちへ来い」

と言いながら私に近づいてきた。

私は体を左右に激しく動かして、父を拒否した。

父は激怒した。

私の右手をひきずると板の間にころがし、私のねまきをむいた。

パンツも引き抜き、私の手をひきずって、庭の柳の木の下のたらいの中に座らせた。

そして台所からバケツに入れた水を持ってくると、私の頭からぶちまけた。

そのあいだ、私は切れ目なく低く泣いていた。

父はもう一杯、頭から水をかけた。

十一月の北京は、ほとんど水が凍っていた。

母が、

「やめなさい、やめなさい」

と叫んでいた。

父が何杯水をかけたか覚えていない。

父は、水をかけてもしぶとく同じ声の低さで切れ目なく泣いていた私が憎らしかった、とあとになって言った。

私の強情が人を怒りにかりたてることを、私はずっとあとになって知った。

私の左手の薬指にとげがささって、パンパンにはれて、膿《う》んで黄色くなっていた。爪の根もとのところは紫色になっていた。

「このせいだ」

と父が言った。

「痛いか」

と父がきいた。

「痛くない」

私はたらいからひきずり出されて洋服を着せられても、同じ声の低さで泣いた。

私はいつ泣きやんでいいかわからなかった。

「こんなにはれて痛くないわけがない。強情な奴だ」

私はまた父に怒りが湧きあがっていくのがわかった。

私は膿んだ指が重苦しくはあったが、痛いとは思わなかった。

母は私によそ行きの洋服を着せた。

母もよそ行きの洋服を着た。

私はウキウキとはしゃいだ。

母は門の前にヤンチョ（人力車）を呼んだ。

私は母のきれいな洋服のひざに抱かれて、ヤンチョにゆられて走って、ただただうれしかった。

車をひく支那人は、音もなく走った。


大学病院で指を切ったことは覚えていない。

私は薬指にピンポン玉のように巻かれた包帯を、病院の庭でほれぼれとながめた。

私はそれを高々とさしあげた。

空が真っ青だった。

みがきあげたようにピカピカと青かった。

病院の花壇のわきに、私は立っていた。

母が、

「ここで待っているのよ。動いちゃだめよ」

としっかり言った。
私はしっかりうなずいた。
母がいなくなって、私はひとりになった。
花壇のわきに、女の子がひとりしゃがんでいた。
私はしっかり動かないでいようと決心したのに、少しぐらい動いてもいいと判断した。
私は、私以外の女の子がめずらしく、憧れていた。
私はそばにしゃがむと、
「あんたいくつ」
ときいた。
「五つ」
とその子が答えた。
私はその子が五つであることに、たいへん満足した。
「わたしは四つ」
とにやにや笑いながら答え、その子もにやにや笑った。
笑い合ったとき、女の子と私のあいだに、あたたかい海のようなものが広がった。
名前なんかきかなかった。

私たちはしゃがんだまま、花壇に咲いていた花をむしった。
(北京の十一月に、花なんか咲いていただろうか)
母が私を呼んだ。
「待っててね。待っててね。きっと待っててね」
私は女の子に言った。
女の子はくそ真面目な顔をして、強くうなずいた。
私は手をひっぱられたまま、女の子を振り返った。
母は、待たせてあったヤンチョに私を押し込んだ。

十四

犬が死んだ。

犬の記憶はほとんどない。

犬が死んだ瞬間のことだけ覚えている。

夏の夕方だった。

父と母の食事がつづいていて、私と兄は窓ぎわにいた。

ほとんど暮れて、庭が深い青色に見えた。

私と兄はふざけて笑っていた。

家の中で声を出して笑っているのに、私には、庭が恐ろしく静かだったような気がする。

突然、

「キャーン」

と、ひと声だけ犬が鳴いた。

家の中が、しんとした。

鳴き声の余韻が、細い形になって、夕暮れの空に吸い込まれて消えたような気がした。

私と兄は顔を見合わせた。

私は兄の目を見たとき、犬が死んだことがわかった。


犬は死んだ。

阿媽《アマ》が首輪のくさりのとめ金の位置をまちがえたので、餌《えさ》の皿に近づこうとして、首がしまってしまったのだ。

父は、死んだ犬の首輪をはずし、犬をひっくり返した。

犬が死んでも誰も泣かなかった。

私と兄は、大事件が起きたので、わくわくしていた。

父は、死因をつきとめて満足しているように私には思えた。

母は、ただ黙って死んだ犬を見ていた。

父はシャベルを持ち出して、ぶどうの根もとに穴を掘った。

非常に元気よく穴を掘った。

犬はつっぱって、硬直していた。

犬の上にシャベルの土が落ちたとき、私も兄もしんとした。

犬は見えなくなった。

つばきがたまって、私はそれを飲み込んだ。


父がブランコを作ってくれた。

深いちりとりのような箱を、ぶどう棚からロープでつるした。

私はお菓子をもらうと、わざわざブランコに座りにいった。

そして、ゆらゆらゆれながら、お菓子を食べた。

いつまでもブランコに乗っていると、頭のてっぺんが熱くなった。

私は頭のてっぺんを触ってみる。

熱ければ熱いほど満足した。

そして、いつか触れないほど熱くなればいいのにと思っていた。


森があった。

森に行くには、なつめの広場を右手に折れて、泥の塀ぞいに歩き、カトウくんの家の庭を通っていった。

どこからか、子供がたくさん集まってきていた。

兄と私が、いちばん小さな子供だった。

大きな石から飛び降りる競争をした。
兄はひるんだ。
私はその石によじのぼり、飛び降り、蛙のようにはいつくばった。
そして、いつまでも胸が痛んだ。
兄のことを、仲間が弱虫だと思ったのがわかって。
それから、壁ぞいに、森のはしを歩いた。
壁に窓があり、のぞき込むと、私の家の台所だった。
台所は穴の底のように見えた。
穴の底を、阿媽が行ったり来たりしていた。
私はとても驚いた。
家と森の関係が、まるっきりわからなかった。
それからぞろぞろ列になって、小さい石の神様を見にいった。
神様は四角い石だった。
何か字が書いてあった。
「これにしょんべんかけると、ばちがあたって死ぬんだから」
年かさの男の子が言った。

「キャー」

と言って、みんな逃げた。

それから、木にからまっているつるから、大きな刀のような形をした豆をむしって遊んだ。

誰かが、

「カトウくん、神様にしょんべんかけた」

と言った。

みんながカトウくんをとり巻いて、半ズボンのおちんちんのあるあたりをじいっと見た。

「チンポコがくさってくるぞ」

と誰かが言った。

私は兄を見あげた。

兄は、カトウくんの半ズボンの真ん中を、じっと見ていた。

私は、兄は弱虫だから、おしっこをひっかけたりしなかっただろうと思って、安心した。

安心したが、また胸が痛かった。

私は自分の元気がなくなっていくのがわかった。


夕方だった。

庭が夕焼けで赤く見えた。

カトウくんがブランコに乗っていた。

父がブランコの横にしゃがんでいた。

カトウくんは、右の足首の上を包帯で巻いていた。

包帯がずれて、赤チンがついているオデキが半分見えていた。

「どうしたんだ」

と父がきいた。

「おでき」

「痛いか」

父はカトウくんの足を指で押した。

「痛くない」

ブランコから立ち上がって、カトウくんは帰った。

次の日、カトウくんが死んだ。

隣の小母さんと母は、庭で興奮していた。

何で死んだか、まるっきりわからないのだった。

「だって、昨日ここでブランコに乗っていたのよ」

私はブランコを見た。

ブランコは一ミリも動いていない。


葬式があった。

子供がたくさん集まってきた。

葬式は門の中で行なわれていて、子供はカトウくんの家の前の広場で、

「あの子が欲しい、この子はいらない」

と花一匁《はないちもんめ》をして遊んだ。

「オカマかぶって逃げといで」

「キャー」

カトウくんの家の人が、ピンク色のまんじゅうを、子供に一つずつくれた。

子供たちは、ピンク色のまんじゅうにむらがった。

夕方で、広場も子供も赤く見えた。

家に帰ると、母が兄を呼んで、おそろしく真面目な顔をして、

「坊や、神様におしっこかけなかったでしょうね」

と言った。

兄は、

「かけないよ」

ともじもじして答えた。

もしかして、兄はかけたんじゃないかという疑いが、私をおそった。


次の年、ぶどうがなった。

私はブランコに乗って、ぶどうを食べた。

「今年はいやにぶどうがでかいな」

父はぶどうを食べながら言った。

「犬のこやしがきいてきたんだ」

十五

汽車に乗った。

汽車はどこにも行かなかった。

ただただ同じ場所を走っているのだった。

空と地面が真っ二つになっていて、空の下は、ずっとずっとコウリャン畑で、窓からはそれしか見えなかった。

真夏だった。

私は眠った。

目がさめると、汽車は同じ所を走っていた。

溶けたアイスクリームがあった。

小さな紙のカップの中を、薄い木の小さな匙《さじ》でかき回しても、ほんの小さなかたまりさえなかった。

「捨てなさい」

と母は言った。

私は執念ぶかく、小さなカップをかき回しつづけた。

兄が私の寝ているあいだにアイスクリームを食べたと思うと、むしゃくしゃして仕方なかった。

窓から母がカップを捨てた。

私は身をのり出して、消えていく白いカップを見送った。

ベルトにサーベルをつけ黒い長靴をはいて、鼻の下にひげを生やした軍人がいた。

軍人は股のあいだに刀のようなものを立て、それに両手を重ねて、目をつぶってシートにそっくり返っていた。

私と兄は汽車の中を走り回り、軍人さんのそばを通るときは、息をひそめて、そっくり返った軍人さんの顔をそっと見た。

軍人さんはいつも同じ姿勢で目をつぶり、ほんの少しも動かなかった。

父が、

「展望車があるぞ。行ってこい」

と言った。

私と兄は、展望車に行った。

展望車は、コウリャン畑をかき分けるようにして動いていた。

展望車のいちばん前の座席に、軍人が座っていた。

私たちは、そばまで行った。

軍人は、私たちの客車の軍人とまったく同じ姿勢をして、そっくり返って目をつぶっていた。

通路をへだてた座席にも軍人が座っていて、まったく同じ姿勢をしていたが、目はつぶっていなかった。

カッとまっすぐを見て、目玉はぜんぜん動いていなかった。

その隣の席も空いていた。

私と兄は、息をつめて、父のところにソロリソロリと戻った。

父は機嫌がよかった。

「どうだ、すごいだろう」

父は展望車を、自分のもののように言った。

「座ってきたか」

「兵隊さんがいたもん」

父は舌打ちをして不機嫌になった。

コウリャン畑が真っ赤になった。
空も真っ赤だった。
そしてコウリャン畑の上の空に、もっと真っ赤っかな、まん丸な球が見えた。
球はどんどん大きくなって、窓からはみ出しそうになった。
球は少しずつコウリャン畑にかくれて、下の方が半分見えなくなった。
私は、あんな真っ赤っかな風景を見たことがない。

汽車を降りた記憶はない。
白っぽい泥の塀がコウリャン畑の中にあって、門があった。
泥の塀から屋根が見えていた。
あたりはシーンとしていて、ほこりっぽかった。
その家のほかに、どこにも家は見えなかった。
家の裏に、泥の倉庫がいくつもあって、中に小豆の袋がつみ重なっていた。
黒いブタが何匹もいた。
大きな平べったいざるに、白と黒の縞のあるひまわりの種が、たくさん広げてあった。
黄色いまくわうりを食べた。

歩きはじめたばかりの弟は、まくわうりの皮まで食べた。

ひょいと後ろを向くと、真っ黒なピカピカひかる大きな山のようなブタが、私の後ろにいた。ブタの鼻が顔の真ん前にあり、その鼻は、鮮やかなピンク色をしていた。ハムを庖丁でスパッと切ったようだった。

ブタはそのハムのようなものを、ぐいぐい私に押し付けようとしていた。声を出す時間すらなかった。

「ウッウッ」

と言いながら私は走ったが、走っても走っても同じところで足ぶみしているようだった。

「オッオッ、ウッウッ」と私はあえぎ、振り返ると、ヌルヌルぬれたピンクの鼻が、私の顔にくっつきそうにある。

私はそのまま顔をもとに戻すことができず、ブタの鼻と私の顔は向きあったままだった。走っても走っても、ブタの鼻は私の顔にぴったりくっついていた。

帰りの汽車の記憶はない。

父の満鉄のパスを使って旅をしたのは、そのときだけだった。

あとになって、もうそんなパスが不要になってしまったとき、タンスの引き出しから、そのパスが出てきたことがあった。

三十九歳と、父の名前のあとに書いてあった。

十六

阿媽《アマ》と母が、支那靴をつくった。

板を立てかけて、木綿のぼろきれをのりではりつけるのである。

一枚はって乾くのを待ち、また一枚はりつける。

それを根気よくくり返し、厚さ七ミリぐらいの布の板をつくる。

それを木綿糸でチクチクと、びっしりと刺した。

阿媽と母は一枚ずつ板を持ち、日あたりのいい玄関の石に腰かけて、母は阿媽の手もとを見て同じように刺した。

私は新聞紙の上に立ち、母は鉛筆で私の足にそって型をとった。

くすぐったくて気持ちいいので、一回でおしまいになったとき、私はもう一回ぐらいやってもいいのにと思った。

そしてそれを布の板にはりつけて、足の形に板を切り、その上にビロードの綿入れの靴の甲をくっつけた。

でき上がるのを、私は阿媽にへばりついて見ていた。

でき上がった靴をはくと、パッタンパッタンかかとからぬけ落ちた。

そのうちに私はかかとをふんづけて、スリッパのようにしてしまった。

一軒おいた隣は、支那人の家だった。

ときどき支那人の家の門が開いていると、中庭が見えた。

庭の中をあひるがバタバタ走っていたり、たくさんの支那人が、中庭の真ん中にテーブルを出して食事をするのが見えた。

食事のとき、私の家の匂いとぜんぜんちがう匂いがした。

支那人の庭の真ん中で、男の人と女の人が立ったままどなり合っていた。

顔がくっつきそうになりながら、ふたりはどなり合っていた。

いつまでもどなっていた。

すると突然、女の人がはいていた靴を片手でぬぐと、その靴で思いっきり男の人の横っつらをはったおした。

そしてその靴をだらんと持ったまま、

「ヒィーッ」

と女の人は顔を空に向けて泣きだした。

私がはいている支那靴より、ぴったり足にくっついている靴だった。

支那靴があんなにしなしなとやわらかいのは、顔をひっぱたくためなのだと思った。

「ヒィーッ」

と泣きつづけている女の人と、ぼーっと立っている男の人の前を、あひるがせかせか歩き回っていた。


支那人の家の前に、ヤンチョが止まっていることがあった。

私は誰が出てくるか、いつもヤンチョが走りだすまでしゃがんで待っていた。

たいがいは少し太った大きな小父さんが、だぶだぶのすその長いよそ行きの洋服を着て出てきて、ヤンチョに乗った。

黒い丸い帽子や、ぺったんこのカンカン帽をかぶって、広い袖口に両手をつっこんでいた。

小父さんがヤンチョに座ると、ヤンチョ屋さんは前の幕をたらした。

黒い繻子《しゆす》の布の支那靴だけが、幕の下から見えた。

ある日、家の門を出ると、支那人の家の前にヤンチョが止まっていた。

私は走っていった。

走っているうちに、ヤンチョ屋さんは幕をたらしてしまった。

幕の下から、目のさめるようなバラ色の支那靴が見えた。

しゅるしゅる光った絹の地に、ぐにゃぐにゃした花模様のグリーンの刺繡がしてあって、目がちかちかするほどきれいだった。

ヤンチョはすぐ走っていった。

私は家に帰って、

「クーニャン見たよ、クーニャン見たよ」

と言った。

クーニャンは若くてきれいな女の人のことだった。

私はクーニャンの靴だけ見たとは言わなかった。

あんなきれいな靴は、けんかする時には使わないでとっておくのだろうと思った。


支那人の家で誰かが死んだ。

黒い舟のような形をしたお棺が出てきた。

男の人がおおぜいでかついでいて、とても重そうだった。

お棺はでこぼこと一面に彫刻してあった。

彫刻してあるところは、てらてらと光っていた。

なつめの木の下に、大きな大八車のような木の車が止まっていて、その上にぎっしりと、白い着物を着た女の人が横座りになったりあぐらをかいたりして、ワーワー泣いていた。ときどき泣き声が低くなると、また急に高くなって、涙をじゃーじゃー流していた。

「泣き女だ、泣き女だ」

と言いながら、兄が車のまわりをぐるぐる回っていた。

お葬式に泣き女をやとう支那人はお金持だ、と父が言っていた。

自分の家の人が死んだんでもないのにワーワー泣くのは大変だなあと思ったけど、ほんとうに涙がじゃーじゃー出ているから、気味悪かった。

女の人はみんな白い靴をはいていた。

白い靴が車の上にびっしり並んでいた。

よく見ると白い洋服も白い靴も少し汚れていて、貧乏そうだった。

十七

兄が幼稚園に行った。

兄の幼稚園がどこにあるのか、私にはわからなかった。

兄は、母が作った布の小さなかばんを肩からななめにかけて、毎朝、阿媽《アマ》に手をひかれて門から出て行った。

しばらくすると、兄はひとりで出かけて行った。

私は、なつめの木がある広場まで兄といっしょに行き、兄は右の方に歩いて行った。

もう少したって、私はなつめの広場よりもう少し先まで兄と手をつないで行き、すぐにひき返してきた。

それ以上行くと、もう家に戻れないかもしれないと思ったからだった。

ある日、兄が、

「いっしょに幼稚園に行こう」

と言った。

私は兄の手にしがみついて幼稚園に行った。

なつめの木の広場を右手に折れると、広っ原のようになり、そこはぱあっと白く明るかった。

それから先は、どうなっていたかわからない。

幼稚園につくと、ますますしっかり兄の手をつかんだ。

子供が集まってきて、私をとり囲んだ。

兄が、

「イモウト」

と言った。

集まってきた子供が、

「イモウト、イモウト」

と言った。

兄は「イモウト」を見せびらかしているようであり、他の子供たちは、「イモウト」を羨ましがっているようだった。

私はそこから家に帰った。

胸がドキドキしっぱなしだった。

帰れるかどうか自信がなかったのだ。

なつめの木の広場にたどりついたとき、緊張と疲れと安心で、胸が痛かった。

私はなつめの木の広場に戻ってきても、自分がどこをどう通って帰ってきたか、わからなかった。

確固たる目じるしや道筋や記憶は、何もなかった。

犬が戻ってくるように、私はひたすら足もとをにらみつけて帰ってきた。

そして、自分をはげましつづければ何でもできるのだという不遜《ふそん》な自信が、私を満たした。

母も阿媽も、私がどこに行ったのか知らなかった。

私は、庭でひとりでしゃがんで、遊んでいた。

庭には誰もいなかった。

シーンとしていた。

私は幼稚園の兄のところに行こうと思った。

そのときも、道がどのように幼稚園につながっているか、わからなかった。

どれぐらいの時間がかかるかも考えなかった。

あたりを見回したり、後ろを振り返ったりしなかった。

後ろを振り返る余裕すらなく、ひたすら足もとをにらみつけて歩いた。

私は、またもや犬のように幼稚園の兄をかきわけて、つき進んでいった。

幼稚園につくと、私は教室のガラス戸を開け、兄のところに、わき見もせずに近づいた。

おおぜいの子供が重なって並んで座っていた。

そのおおぜいの子供の中で、兄だけが飛び出して見えた。

兄は私の手を握った。

きれいな若い女の先生が、兄の横の席をつめて私を座らせた。

先生が私の名前をきいた。

兄が、

「ヨーコ」

と言った。

「ヨーコちゃんも、いっしょにやりましょうね」

と先生はきれいな声で言った。

子供たちがいっせいに私を見た。

私の心の中は、よろこばしい気持ちでいっぱいだった。

先生がオルガンをひいた。

「むすんでひらいて手を打って」

とみんながうたった。

「その手を、アタマに」

と誰かが言うと、みんな手を頭にのっけ、私も手をのっけた。

「その手を」は、だんだん体の下の方にいった。

「その手を、おヘソに」

と誰かが言うと、子供たちは大きな声で笑った。

そして誰かが、

「オチンチンに」

と言った。

教室中がくずれて笑った。

私の両手はしっかり下着の上の、股のあいだに重なっていた。

幼稚園て、なんて素敵なところだろう。


そのとき突然、教室の窓に阿媽の顔が現れた。

それは大きな額縁に入った肖像画のように、巨大に見えた。

私は阿媽に手を引かれて、家に帰った。

阿媽は何度か強く私の手を引っぱりながら、ずっと文句を言っていた。

しかし、その歩いていた道がどうなっていたのか、思い出せない。

まぶしいくらい明るい、何もない、だだっ広いところしか思い出せない。


母が叱った。

私は泣いた。

泣きながら、どうして幼稚園に行ったことが悪いのか、さっぱりわからなかった。


父が帰ってきて、母は私の悪いことを報告していた。

母は興奮していた。

父はあぐらをかいて、私を後ろ向きに抱きかかえ、

「そうか、そうか」

と私のほっぺたに顔をこすりつけた。

ひげがゾリゾリと私のほっぺたをこすった。

私がひとりで幼稚園へ行ったことを、父が喜んでいるのがわかった。

父は私をしめつけ、私は父の胸とあぐらのあいだで、父が、兄よりも母よりも私が好きなのだ

と感じた。
私は勝ちほこったような目で母を見て、にやっと笑った。

十八

私と兄は並んで寝た。

はじめは真っ暗でなにも見えなくて、それから、少しずつ薄ぼんやりと、いろんなものが見え出した。

「窓が見えた」

ひそひそ声で兄が言う。

「私だって見えたもん」

窓ではなくて、ガラスを通して、外が少しだけ見えていた。

「手、見えるか」

私は暗い中に自分の手を広げる。

何も見えない。

「見えるもん」

「じゃぼくの手、何の形しているか」

私には何も見えない。

「きつね」

「きつねじゃないね。ああうそつき。見えないのに見えるふりして言った」

兄の声は、ひそひそ声でなくなっている。

「うそじゃないもん」

私はもう大声で言っている。

隣の部屋から、

「寝ろ！」

と父の声がして、私たちはびっくりする。

そして、しばらく身動きをしない。

そのうちに兄が、私のわきばらをこちょこちょ触る。

私は声を出さないように、体をよじって我慢する。

兄はもっとくすぐる。

体中が、笑いたいのと泣きたいののかたまりになって、我慢できなくなる。

私は爆発して笑い出して、すぐ泣く。

「いいかげんにしろ」

という父の声と黄色い光がいっしょに飛び込んできて、私も兄も、コチンコチンにかたまってしまう。

私はカンカンに腹を立てているのに、くすぐられて体がぐにゃぐにゃして、眠たくなって、兄と手をつなぐ。

私は生まれる前からずっと、兄と手をつないでいたのだと思っていた。

私はいつ寝てしまうのか、毎晩不思議だった。


朝目がさめると、私と兄は、ばらばらになっている。

私はいつ手がほどけるのか、知りたかった。

庭のすみに巨大なくもの巣がかかって、巨大なくもが、くもの巣を破いた夢を見た。

破れかけたくもの巣に、大きな白いちょうちょが落ちてきた。

くもはちょうちょに近よっていく。

とてもこわかった。

朝目がさめてもこわかった。

私は、

「大きなくもが出てきた夢を見た」

と兄に言った。

「ぼくも見た」

と兄は言った。

「それから、ちょうちょが出てきただろ」

と兄が言った。

「そう、白いの」

「白いの。同じ夢見たんだ」

私はすごくうれしかった。

私はずっと、私と兄は同じ夢を見るのだと思っていた。


家に誰もいないと、お医者さんごっこをした。

庭から、松葉ボタンの葉っぱと、朝顔の葉っぱを取ってきた。

私はひっくり返って待っている。

「パンツをぬいでください」

と兄が言う。

私はパンツを足の途中までぬいで、待っている。

「ちゅうしゃをします」

兄は私のおなかを、松葉ボタンで押す。

「痛いですか？」

「痛いです」

「もうすぐです」

兄はじいっと、松葉ボタンのとがった葉っぱを押しつける。

私は頭をもたげて、自分のおなかを見ようとする。

「それでは股を開いてください」

私は足を広げて、頭をもたげつづけてそこを見る。

兄は朝顔の葉っぱをベロベロなめて、私がおちんちんと言っているところにぺたりとはりつける。

生ぬるいんだか、冷たいんだかわからず、それから、葉っぱの細いうぶ毛がチクチクしてかゆくなる。

首の骨が痛くなって、私はガクンと頭をたたみに落とす。

「終わりました」

私はパンツをはく。

「今度は僕です」

兄はズボンとパンツをぬいで、たたみにころがる。

しぼんだ朝顔みたいにやわらかそうなおちんちんがむき出しになった兄を見て、私は急に兄がかわいそうになり、泣きたいみたいな気持ちになる。

そして私も、朝顔の葉っぱをペロペロなめる。

十九

私の人形は布でできていて、のっぺりしたまん丸い顔をしていた。

目は大きなのの字だった。

布の太い手足がブランブランしていて、手の先も足の先もまん丸だった。

体中におがくずがつまっていて、触るとゴリゴリしていた。

そして、みじかい赤い洋服を一枚ペロンと着ていた。

それがめくれると、太い足の根もとが丸見えになった。

私はそれをひもで一日中、背中にくくりつけて、くくりつけたまんまごはんを食べた。

写真を撮るとき、私は人形をわざわざひっぱり出して、人形を抱けば、抱かないより自分がかわいく人が思ってくれると考えた。

私はその人形とハンカチを一枚持って、隣のひさえちゃんのところに行く。

私が人形を持って行くと、ひさえちゃんは自分の人形を持ってきて、たたみの上に寝かせる。

ひさえちゃんの人形は着物を着ている。

そしてかたい、幅の広いきんきらした帯をきつく巻きつけている。

卵よりつるんつるんの顔をしていて、口も鼻も、ほんとうの人間のようにでっぱっていた。

くちびるに細いすじがついていて、そのすじが、かすかに濃い紅色をしていた。

ほんとうの髪の毛がどさっとあって、頭のてっぺんに、つむじまであった。

目はガラスで、まつ毛があった。

寝かせると、まぶたがグルリと現れて目をつぶった。

赤いちりめんの着物には、桜の花やこまかい模様がごちゃごちゃあり、その着物の袖から小さな手が出ていて、その手には指が五本あって、爪まであった。

着物の裾は綿がつまっていて、ふわふわ厚くなっていて、そこから小さな足が出て、その足にも爪があった。

人形は目をつぶるとき、カシャと小さな音をたてた。

私はどうして人形が目をつぶるのか、わからなかった。

ひさえちゃんの人形は生きていた。

人のようにではなく、人形のように生きていた。

私たちは自分の人形の手足を動かして、

「こんにちは、おくさま。オホホホ」

と言った。

かがんで、人形をたたみの上にちょんちょん動かして、

「トコトコトコ、お出かけしましょう」

と座敷をひと回りして、また寝かせた。

ひさえちゃんの人形は、カシャカシャと目をつぶる。

それから、私は持ってきたハンカチを細長く四つにたたむ。

ひさえちゃんもハンカチを四つにたたむ。

私は息をつめて、ひさえちゃんの人形の帯の下のあたりを見る。

胸がドキドキする。

「アレアレ、いけない子ねえ」

ひさえちゃんは人形の着物を裾から開いて、まくりあげる。

人形は、着物の下に真っ赤な長襦袢《ながじゅばん》を着ていて、ぺったんこの白い紙の筒が見える。

帯のところまで裾をまくりあげられた人形を見て、見てはいけないような気がするのに、私はカッと目を見開いて、ひさえちゃんが、紙のまわりにハンカチを巻きつけて、赤い長襦袢を下ろして、着物をていねいに重ねるまで、身じろぎもできない。

そして私は、自分の人形の足を思いっきり開いて、足と足のあいだにハンカチをつっこんで、ペランとした洋服をかぶせる。

私の人形は、ハンカチのおしめを丸出しにしている。

お正月に、ひさえちゃんと並んで撮った写真がある。

ひさえちゃんは着物を着て、たたみつきのぽっくりをはき、頭に馬鹿でかい、のりでかためたリボンをつけて、きんきらきんのかちかちにかたい帯をしめ、胸に金色の筥迫《はこせこ》を入れている。

ぴかぴか光る真っ黒なおかっぱ頭で、口をおちょぼ口にして、いまにも笑いそうである。

私は毛糸の洋服を着て、毛糸のレギンスをはいている。

そして手に凧を持って、じつに不機嫌な顔をしている。

ひさえちゃんはひさえちゃんの人形にそっくりで、私は私の人形にそっくりであった。

二十

父はときどき出張に行った。

出張に行くと、字の読めない私と兄に、絵のついた手紙が来た。

絵と少しのカタカナで描かれた父の手紙を見ると、私は父が明るくて軽やかな人みたいな気がして、現実の父とちがうみたいな気がした。

牛や馬や、奥地の支那人の子供が鉛筆で描いてあった。

その絵は、赤鉛筆と青鉛筆で色がぬってあった。

私は、絵の横についているカタカナは兄のために父が書いたものだと思っていたので、絵は私の分だと思っていた。


出張から帰ってくると、父はリュックサックからいろんなものを出した。

人形の形をした白いやわらかいあめがあった。

中にごまのあんが入っていた。

真っ白な馬のしっぽを竹の棒にくっつけた、巨大なはたきみたいなものがあった。

何に使うものかわからないので、父はそれを振り回して、ハエを追っぱらった。

そのうちに母も、ハエを追っぱらうのに白い馬のしっぽを振り回した。

母がハエを追っぱらうとき、私は心から父を偉いと思って、誇らしかった。

父は一匹残らずハエを追い出すことができ、母は二、三匹のハエはあきらめて、窓を閉めたからだ。

彫刻してある鉄製の馬のあぶみを二個持ってきたこともある。

父はそれを灰皿にした。

応接間の丸いテーブルの真ん中に、いつもそれがあった。

それを見ると私は、モーコとかヒゾクとかいう言葉を思い出したが、それが何だかはわからなかった。


トラックの絵のついた手紙が来た。

私には、トラックに乗っている父がわかった。

帽子をかぶって横を向いていた。

「お父さんはトラックから落っこちてしまいました。でもだいじょうぶです」

私はそれをカタカナで読んだのか、母が読んでくれたのか思い出せない。

病院の庭にヤンチョが並んでいた。

母はヤンチョに乗らないで、自動車が並んでいる方に行った。

えんじ色の自動車のドアが開き、母はぞうりをはいた足袋《たび》の足を車に片方のっけて、支那人の運転手と値段の交渉をしていた。

私は母の足袋の足を見ながら、生まれて初めて乗れるかもしれない自動車に興奮して、胸がどきどきした。

母は足を下ろして、私の手を引っぱった。

「高すぎるわ。ヤンチョにするわ」

私はいつまでも、えんじ色の自動車を未練がましく振り返った。

トラックから落ちた父が出張から戻って入院したとき、私が覚えているのは、えんじ色の乗れなかった自動車と、母の白い足袋だけである。


父は目が見えなくなって病院から戻ってきた。

ソコヒという言葉を初めてきいた。

父は座敷に板をしいて、半円の木の枕に頭をのっけて、じっとしていた。

父はニシシキ*をしていた。

ニシシキは、板の上で寝てダンジキをするのだった。

ダンジキはごはんを食べないことで、水とゲンノショウコとマクニンという薬だけ飲むのだった。

マクニンは真っ青なガラスのビンで、白墨を溶かしたような真っ白な薬が入っていた。

ビンの口にたれた薬が白くビンについて乾き、こすると白墨の粉のような薬がきれいに取れた。

父が私に、

「マクニン」

と言うと、私は自分が父の役に立てることを誇らしく思った。


じっとしている父にたかるハエを、母は白い馬のしっぽで追いはらっていた。

父はときどき、指を思いきり広げた片手を顔にくっつけるようにして、ゆっくり動かした。

母はその父をじっと見ていた。

私は、母がそんな風にじっと父を見るのを初めて見た。

父が手を広げて顔の前で動かすのを、母はどこにいても同じ目つきでじっと見ていた。

父はどんどんやせていった。

そして、ごろごろ板の上をのたうち回った。

体が白くなってきた。

皮がむけてきたのだ。

朝、板の上で父はころがり、母がほうきで板をはくと、ぼわっと粉の皮が舞いあがった。

母はそれを、ちりとりで取った。

ちりとりの中に、ふわふわした粉がひとつかみほどあった。

父はまた板の上にころがって、じっとしていた。

二十一日のダンジキで、大学病院で見放された父は、めくらにならずにすんだ。


父は黒い丸い眼鏡をかけて、生の野菜をボリボリ食べた。

食卓の上には、輪切りにした赤い大根や白い大根が、どんぶりひと山もあった。

家族中が生の野菜をボリボリ食べた。

ソコヒが治ったので、ニシシキは絶対になり、生の大根も人参も絶対になった。

皮が赤くて中が真っ白な大根が、甘くておいしかった。

私が赤い大根を取ろうとすると、父は黙ってはしで私の手をはらった。

そして私が食べようとした赤い大根を、ボリボリ食べた。

私は白い大根を食べた。

＊西式　平床（平らな板の上に寝る）・断食・生野菜などを組み合わせた健康法。
一九二〇年代に創始された。

二十一

小林さんの小父さんが、応接間のソファーに座っていた。

小父さんはカーキ色の軍服を着て、黒いベルトをしめて、腰にガチャガチャいろんなものをつけていた。

肩に金モールの星が盛りあがって、いくつもついていた。

そして顔がぴかぴか光っていた。

「洋子ちゃん、大きくなったなあ」

と言って手を広げた。

手のひらがピンクで大きかった。

「この手の上にのれるかな」

と言った。

私は小父さんの両手の上に、両足をのせた。

グラグラしたが、小父さんは両手の上に立ったまんまの私をのっけて、真っ赤な顔になった。

「小父さんの手はすごいだろう」

と、真っ赤なまんま言った。

顔がもっとぴかぴか光った。

小父さんは兵隊さんだから強いんだと思った私は、いつまでも小父さんにまつわりついて、父から何度も、

「よせ」

と言われた。

もう一回私は小父さんの手の上にのって、グラグラしたいと思った。


母はよそ行きの紫の着物を着て、きれいに化粧をしていた。

広場に子供連れの人がたくさんいた。

兄の幼稚園の友だちとお母さんたちで、みんなきれいな着物を着ていた。

そこにトラックが来た。

トラックの荷台は大きなまな板のようで、わくがなかった。

私達はトラックの荷台に、立ったまま乗った。

ぎゅうぎゅうづめに立ち、私は母の着物のたもとをつかんだ。

そのままトラックは走り出した。

トラックがゆれるたびに、女の人たちはきゃあきゃあ笑った。

私は押しつぶされて何も見えなくて、兄がどこにいるのかも見えなかった。

真っ暗で息が苦しく、トラックがゆれると、そのまま落ちるのではないかと必死に母にしがみつき、母はきゃあきゃあ笑っていた。


椅子がたくさんある真っ暗なところに連れていかれた。

濃いビロードに金のふさがついている、ひだがたくさんある大きな幕が下がっていた。

フランス人形のスカートのようだと思った。

その幕が、しずしずと両側に開いた。

何も見えなかった。

それから少しずつ明るくなると、舞台の上に大きな草が二個、濃いグリーンで立てかけてあった。

それはお寿司のあいだに入っているギザギザの笹の葉と、まったく同じ形をしていた。

その向こうに、きれいな女の人が立っていた。

女の人はなにも言わずに、ギザギザの大きな草の向こうに立っていて、顔が真っ白だった。

何かすごいことがはじまりそうで、私は胸がつまった。

それでも、女の人は少しだけ動いて、すごいことはちっともはじまらなかった。

いつまでたっても、暗い舞台と横を向いた女の人が見えるだけだった。

母が、

「外へ行くと池があるから、遊んでおいで」

と言った。

私はひとりでスタスタあっちこっちのドアを開けて、池のありそうなところをさがした。

一つのドアを開けると、広い庭のようなところに出た。

シーンとしていて、目が開けられないほど明るかった。

白い着物に国防色の戦闘帽をかぶった男の人がいた。

よく見ると、もっと遠くにも白い着物を着た人が見えた。

兵隊さんだと思った。

私は白い着物を着た兵隊さんの近くに行くのはこわいと思った。

急に目の前に白い着物を着た兵隊さんがかぶさってきて、私を抱きあげた。

片方の手は包帯でぐるぐる巻きになっていて、手がものすごく短くて、大根の頭のように丸くなっていた。

兵隊さんは私を抱いたまましゃがんで、

「何ていう名前？」

ときいた。

私は両手をつっぱって、兵隊さんを押しのけようとした。

この人は私をさらっていくのだ。

「いくつ？」

兵隊さんは私をぎゅうぎゅう抱きしめた。

私はぐるぐる巻きの大根のような手がこわくて、声をあげて泣きだして、両手と両足をつっぱらかした。

兵隊さんの顔がすぐそばにあった。

私はさらに声をあげて泣いた。

兵隊さんは、私を抱いている手をゆるめた。

兵隊さんは包帯を巻いていない手で、私の頭を静かに静かになでた。

私は泣きつづけた。

手も足も地面にはりついて、目の前は白い着物しか見えなかった。

私は誰かにこんなに優しく頭をなでられたことはなかった。

そして一刻も早く、白い着物を着た人のそばから逃れたかった。

私はまた、暗い、椅子のたくさんあるところに戻った。

舞台はまだお寿司のギザギザの草が立っていて、女の人が草の向こうにいた。

私は母のひざにつっぷして、声を出さないで泣いた。

母はわけをきいたが、私はぐるぐる巻きの包帯の人のことを言うことができなかった。


帰りにまた、トラックに乗った。

私は眠くて眠くて、立っていられなかった。

帰りはトラックがゆれても、誰もきゃあきゃあ言わなかった。

母はひっきりなしに私をゆすぶって、

「眠っちゃだめよ。眠っちゃだめよ」

と叫びつづけていた。

「僕たち、兵隊さんのイモンに行ったんだよね。トラックに乗って、イモンに行ったんだよね」

と兄は、父が帰って来ると言った。

二十二

母が突然おしりを左右に振って、家にころげ込むようにして入ってくる。

パンパンにふくらんだ風呂敷包みを床にころがすと、股のあいだに手を押しあてて、便所にかけ込む。

「はあー」

とため息をつきながら母は便所から出てきて、もうおしりなんか振ってもいないし、股に手をつっこんでもいない。

風呂敷包みの結び目は小さなかた結びになっていて、石のようになっている。

グレーでもなく緑色でもない色をした風呂敷には、白い富士山がついていた。

母はペタッと床に横座りになって風呂敷を広げようとするが、なかなかほどけなくて、しまいには顔を風呂敷包みに近づけて、歯で結び目をほどこうとして口をゆがめて、歯をむき出しにする。

私は母と同じ顔になって、自分の歯をギリギリとかみ合わせていた。

風呂敷がほどけると、中身がドタッとくずれて、私も兄も自分に関係のあるものはないかと必死になる。

衛生ボーロが出てくることも、動物の形をしたビスケットが出てくることもあった。

衛生ボーロは口の中でファーと溶けて、私は自分がグニャーとなるみたいに、いい気持ちだった。

動物のビスケットの表面には、ピンクや黄色や水色の砂糖がぬってあるものもあった。

兄と私は、前歯で砂糖をけずりとって、ビスケットだけにして口の中から何度もとり出して、動物の形をしらべた。

ゾウやウサギの形が、外側からどろどろに溶けていった。


私は便所にしゃがんでいた。

下を見ると、うんちの表面がかたまっていた。

その下におしっこがあるのは、うんちをすると、めりめりめり込んでいくのでわかった。

私はうんちをするとき、下をのぞかずにいられなかった。

そして、落っこったらどうしようと思った。

便所に黒いスリッパがあった。

甲の内側が、水色と白のストライプになっていた。

私が片足をあげたとき、スリッパが足からはずれて、便所の中に落っこちた。

スリッパはうんちの上にのっかっていた。

私は便所に腹ばいになり、片手を下におろした。

うんちの上にのっかったスリッパには、とどかなかった。

私は便所を出て、板の間にへたり込み、泣き出した。

家には誰もいなくて、シーンとしていた。

私は床にひれ伏して泣いた。

「ウォー、ウォー」と泣き、そのあいだに「ゴメンナサーイ、ゴメンナサーイ」と叫び、泣きながら、ときどき便所のスリッパを見にいった。

母が腰を振り振り、風呂敷包みをころがして家の中に入ってきて、

「どうしたの」

と足をすり合わせて、股のあいだに手をつっこんできいた。

「スリッパをオベンジョに落としたの。ゴメンナサーイ」

と床にひれ伏して泣きつづけた。

母が笑った。

そして便所に飛び込んだ。

母のおしっこは、いつまでも終わらなかった。

私はたたみの部屋の棚の上にある、白いボール箱を何度も見にいった。

ボール箱の中に、和菓子とケーキが入っていた。

ピンクのクリームがのっかっているケーキが一つあった。

私はその中のグリーンの和菓子を、何度もじっと見た。

グリーンの和菓子は二個あり、緑色の透き通ったあんをぎゅっと手で握った形になっていた。

私はそのグリーンの和菓子のはじを少し食べた。

そして、自分の手でぎゅっと握り直して箱に戻した。

隣のグリーンの和菓子よりも少し小さくなって、表面がベタベタしていた。

私は箱のふたを閉めた。

家の中がシーンとしていた。

母が門を入ってきた。

腰を振って、風呂敷包みを床にころがし、便所に飛び込んだ。

私は母が便所に入っているあいだに、棚の上の箱のふたを開けて、見ずにはいられなかった。

やっぱりグリーンの和菓子は一つ、少し変だった。

そして、急いで風呂敷包みの横に座り込んで、母を待った。

二十三

月見をした。
父の友だちが、夕方からたくさん集まってきた。
泥の塀のかわらの上に、透き通った濃いブルーの空が見えていた。
庭にテーブルを出して、庭で食べた。
火をたいた。
オレンジ色の炎が出て、煙もたくさん出た。
月はなかなか出てこなかった。
私は、月がどこから出てくるのかわからなかった。
私は庭中をかけ回り、
「月はまだか、月はまだか」
としつこくきいた。
泥の塀のかわらの上の空は、濃いブルーのまま次第に暗くなっていた。
突然、泥の塀の上に真っ白い月が出てきた。

月が出てきて、私はとても安心した。

大人たちも安心したのが、私にもわかった。

そのとき、門の鐘が鳴った。

父が出ていくと、支那人のおまわりさんがいた。

たき火の煙を、火事だと思ったらしかった。

月が泥の塀のかわらから離れて、まん丸く見えて、八角の門の真上にあった。

父はすぐ炎の出ている薪《たきぎ》を消した。

おまわりさんは庭の中に入って、何かしゃべり、みんな、おまわりさんと支那語で何かしゃべって笑っていた。

私は、おまわりさんの帽子についている徽章《きしょう》がきれいなので、帽子の真ん中ばかり見ていた。

風車のようなたくさんの羽根があり、そのひとつひとつがぜんぶ違う色だった。

ピカピカ光るガラスみたいで、青や黄色や白や赤だった。

庭が暗くなっても、上を見ると、空はまだ澄んだ濃い青色をしていた。

たき火のあとの火が炭になって、オレンジ色になっていた。

父はその前にしゃがんで、木の枝で地面をつついていた。

私も火の前にしゃがんでいた。

地面を、四センチぐらいの虫がくねくねはっていた。

父は白い虫を火の中にほうり込んだ。

「白い虫はうまいんだ」

オレンジ色の火の中で、白い虫は身をよじっていた。

よじったまんまの形で動かなくなった。

父は虫をかき出して、それを手のひらにのっけると、口にほうり込んだ。

白い虫がもう一匹いれば、私にもくれるかもしれないと思って、私は腰を曲げて、暗い庭の中を、地面をにらみつけて歩き回った。

虫はいなかった。

母が、

「ひさえちゃんにさようならを言ってらっしゃい」

と言った。

言いに行こうと思って庭に出たら、ひさえちゃんが門から入ってきた。

ひさえちゃんは、真新しい、赤いぬり下駄をはいていた。

「わたし、あした大連《だいれん》に引越しをするんだよ」

と言って、私はひさえちゃんの赤いぬり下駄を見ていた。

ひさえちゃんは白い足の指をくねくね動かして、足を下駄の奥につっこもうとしていた。

見せびらかすために、わざとくねくねさせているのだと私は思った。

「どうしたの?」

私はしゃがんで、ひさえちゃんの下駄を見た。

下駄はぴかぴか光って、赤いビロードの鼻緒がついていた。

「買ってもらったの」

「わたし、あした大連に引越すんだからね。もう会えないよ。きれいだね」

ひさえちゃんは、またくねくねと指を動かした。

「だから、さようなら言いなさいって、お母さんが言ってたよ」

「ふーん」

座ったまま、わたしは一人っ子のもらいっ子じゃないから、こんなきれいな下駄ははけないんだと思った。

ひさえちゃんはしゃがんで、手で下駄を持ってぎゅっとひっぱり、足をもっと奥につっこんだ。

「新しいからきついんだよ」

そして、きどって門を出ていった。

夕焼けで空が赤かった。


荷物が家の中に何もなくなったので、ヤマモトさんの家に泊まりに行った。

私はヤマモトさんの家に初めて行き、ヤマモトさんの家の人を初めて見た。

女学校のお姉さんがいた。

私は大きなお姉さんを見たことがなかったので、お姉さんがめずらしくて、うれしくて、ずっとお姉さんのそばにいた。

夜寝るとき、お姉さんといっしょに寝た。

そばに行くと、母とちがう匂いがして、私はそれがとてもいい匂いのような、気持ち悪い匂いのような気がした。

「内地に帰るとね、すごーくこわいものがあるのよ。ジシンよ」

「ジシンって?」

「地面がグラグラグラグラ動いて、何でも落っこってきて、つぶされて死んじゃうんだから」

私は面白くて仕方なかった。

「たんすも?」

私とお姉さんの横に、黒いたんすがあった。

「たんすもよ」

「じゃあ、たんすの中の洋服も？」

「洋服もよ」

私はゲラゲラゲラゲラ笑い出し、見えるものをぜんぶ指さしてきいた。

そして、ジシンがどんなものだかわからなかったので、ゲラゲラ笑いつづけた。

私はお姉さんのお古の、オレンジ色と白のしまの半袖のセーターをもらった。


次の日の朝、汽車に乗るのでプラットホームにいた。

知らない人がたくさん見送りに来て、汽車はなかなか来なかった。

私よりちょっと大きい女の子がいて、桜のやにを持っていた。

そして、それを人さし指と親指のあいだに少しちぎってはさんで、なめて、くちゃくちゃすると、指のあいだに綿のような白いものが発生した。

それを左手の小指にふわっふわっとかぶせると、綿のようなものが小指につもっていった。

女の子はそれをながめて、ペロリとなめた。

私は、ほんの少しだけそれが欲しかった。

女の子は、紙に包んであるものを私に見せびらかすようにして開いた。

ころころした桜のやにのかたまりが、四つも五つもかたまって、くっつき合っていた。

きっと私に一つくれるんだと思って、私は息をつめた。

女の子は私を見ながら、桜のやにをいじくって、ほんの少し人さし指にこすりとり、大げさに紙に包んで、ポケットに入れた。

そして私の前で、ペロペロ人さし指をなめて、またくっちゃくっちゃと指を動かし、左手の小指に綿帽子をかぶせ、私を横目で見ながらペロリとなめた。


これが私の、北京の最後の記憶である。

P+D BOOKS ラインアップ

おバカさん	遠藤周作	●純なナポレオンの末裔が珍事を巻き起こす
宿敵 上巻	遠藤周作	●加藤清正と小西行長 相容れない同士の死闘
宿敵 下巻	遠藤周作	●無益な戦。秀吉に面従腹背で臨む行長
銃と十字架	遠藤周作	●初めて司祭となった日本人の生涯を描く
焰の中	吉行淳之介	●青春=戦時下だった吉行の半自伝的小説
居酒屋兆治	山口 瞳	●高倉健主演作原作、居酒屋に集う人間愛憎劇
血 族	山口 瞳	●亡き母が隠し続けた秘密を探る私
山中鹿之助	松本清張	●松本清張、幻の作品が初単行本化!

P+D BOOKS ラインアップ

白と黒の革命　松本清張　●ホメイニ革命直後　緊迫のテヘランを描く

詩城の旅びと　松本清張　●南仏を舞台に愛と復讐の交錯を描く

鳳仙花　中上健次　●中上健次が故郷紀州に描く〝母の物語〟

熱風　中上健次　●中上健次、未完の遺作が初単行本化！

大洪水（上）　中上健次　●中上健次、もう一つの遺作も初単行本化！

大洪水（下）　中上健次　●シンガポールへ飛んだ鉄男の暗躍が始まる

魔界水滸伝1　栗本薫　●壮大なスケールで描く超伝奇シリーズ第一弾

魔界水滸伝2　栗本薫　●〝先住者〟〝古き者たち〟の戦いに挑む人間界

P+D BOOKS ラインアップ

魔界水滸伝3　栗本薫　● 葛城山に突如現れた〝古き者たち〟

魔界水滸伝4　栗本薫　● 中東の砂漠で暴れまくる〝古き物たち〟

魔界水滸伝5　栗本薫　● 中国西域の遺跡に現れた〝古き物たち〟

魔界水滸伝6　栗本薫　● 地球を破滅へ導く難病・ランド症候群の猛威

魔界水滸伝7　栗本薫　● 地球の支配者の地位を滑り落ちた人類

魔界水滸伝8　栗本薫　● 人類滅亡の危機に立ち上がる安西雄介の軍団

魔界水滸伝9　栗本薫　● 〝人間の心〟を守るため自ら命を絶つ耕平

剣ケ崎・白い罌粟　立原正秋　● 直木賞受賞作含む、立原正秋の代表的短編集

P+D BOOKS ラインアップ

残りの雪（上） 立原正秋 ●古都鎌倉に美しく燃え上がる宿命的な愛

残りの雪（下） 立原正秋 ●里子と坂西の愛欲の日々が終焉に近づく

サド復活 澁澤龍彥 ●澁澤龍彥、渾身の処女エッセイ集

マルジナリア 澁澤龍彥 ●欄外の余白（マルジナリア）鏤刻の小宇宙

玩物草紙 澁澤龍彥 ●物と観念が交錯するアラベスクの世界

虫喰仙次 色川武大 ●戦後最後の「無頼派」、色川武大の傑作短篇集

親友 川端康成 ●川端文学「幻の少女小説」60年ぶりに復刊！

北京のこども 佐野洋子 ●著者の北京での子ども時代を描いたエッセイ

（お断り）

本書は１９８４年にリブロポートより発刊された単行本『こども』を底本としております。
底本にある人種・身分・職業・身体等に関する表現で、現在からみれば、
不当、不適切と思われる箇所がありますが、著者に差別的意図のないこと、
時代背景と作品価値とを鑑み、著者が故人でもあるため、原文のままにしております。